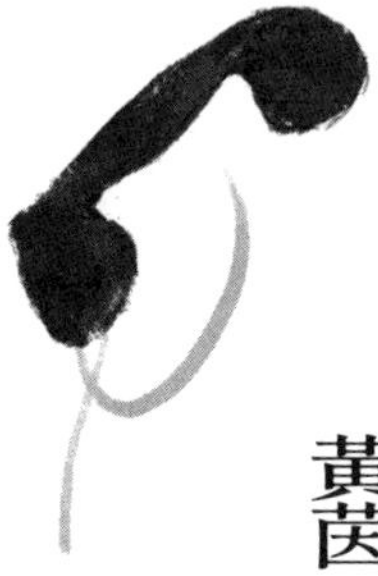

最多三八的那支

黃茵 著

目錄

推薦序

Judy的兩極激盪

——黃茵小說的多元混雜浮世繪

周芬伶

初來時我們叫她黃茵，那時她寫過一百本羅曼史小說，作品還有瓊瑤的遺風——在大學校園裡她瘦小不起眼，他修長俊朗，披著長圍巾，說話咬文嚼字，騎著腳踏車飄過。她與二十來歲的同學隔著時代距離，文字停留在六、七〇年代，我皺了皺眉頭，不行耶！如此僵持甚久，她對外說我是魔鬼。有次在課堂上對她說，嗨，忘了以前，你英文名是Judy，以後我們都叫你英文名，記得永遠年輕。

後來我們都叫她Judy，她真的變成另一個人，年輕慓悍，文字洗刷成新腔調。看到此書〈多元成家〉中的老太太有個很嬌氣的英文名「戴安娜」，轉換名稱讓她精氣神都回返青春，格外覺得真切，這就是黃茵的寫照。

生為野百合世代，卻沒碰觸政治或性別議題，那時她長住海外，跟台灣有著距離與時差，家裡有幾個菲傭，雖然也是災難不斷，確實是住在自己的華美古堡，裡面住著白馬王子，有著浪漫曲折故事的莊園貴婦。我碰過的寫作者如果寫過類型很長一段時間，到了四五十歲通常不可能改變，轉不成功時會弄得兩敗俱傷，然黃茵簡直是個跳火圈的人，知其不可為而為之，就算丟失生命也不怕，算是我見個最狠的角色。

寫政治、性別、情慾是來不及了，她選擇的是一條老路，稱它為延遲的新鄉土或後移民都可以，她的鄉土原汁原味，寫實度強，沒有「後」或「偽」的問題，從十八世紀莊園轉到原鄉土地如此自然，因那是她所來自的母土宜蘭，寫孩童的鮮活度可與黃春明相參照，她的年紀略晚黃二十幾年，同樣是五六〇剛有電話與洋神父的鄉下，年紀與經驗都貼緊那我們快遺忘的年代，如老電影重播；〈掠蟲〉寫的只有十四戶人家的月眉庄仔，算命的青暝仙與西洋神父的「鬥法」，裡面描寫村人的生活「前幾天，青暝仙來過以後，村裡的婆婆媽媽們頓時像吃了啞巴丸，午後打盹醒來，約二點多，按慣例一起圍坐茶廠大榕樹下撿茶枝、玩四色牌時，統統嘴巴閉緊緊，一種故作靜默的熱腸，一種焦灼，像在跟什麼人賭氣」；相對的「通常青暝仙開壇卜運一小時，阿兜仔神父就會穿著道袍，挺出有容乃大的圓肚，戴黑色小瓜帽，拎一疊傳單到處發送，勸大家不要迷信、不要被罪惡綑綁、只要單單仰望耶和華就能得到喜樂」，這裡的鄉土氣息如阿盛的〈十殿閻君〉中的世界，是有情有信的戰後初期偏鄉，八、九〇模糊，直接跳到至新世紀宅世代，因此她的小說如年輪或千層派般寫出一串綿長的庶民史。

從遙遠的十八九世紀走來，先在美援時代還魂，可怪的是浪漫莊園與台灣農村轉換如旋轉門，她像自斷尾巴的壁虎，割除浪漫愛情的前世今生，轉而書寫世紀初的初老女性或老人，她們沒什麼女性覺醒的問題，直接跨入宅世代，在多元族群與移民文化這塊，找到新聲腔。她的題材不新，文字卻不老，有種新舊調和的風味。必須說移民或僑民文學為何會走向新舊調合，因他們活在文化的邊陲地帶，承襲的恰是最保守封閉的倫理關係，然他們又叛逆想殺出重圍，因此一個個成為「女鬥士」（湯婷婷），過去的傳統像是一張張「蒼白的臉」（林玉玲）在遙遠的國度傳遞衍異，書寫則在移民地形成雜種化的拼裝體，或是被賤斥的時空。

因此她的「延遲」跟薩伊德說的「晚期風格」有點像，卻不能類比，看似陳舊，卻以固著、堆疊的方式呈現。古堡轉為後現代家庭，裡面有台商、外傭、啃老族、精神病患、多元家庭……女主角則是從風霜中長出的機智女人，男主角在其中反而顯得蒼白無力，他們之間連起碼的溫暖都沒有，對人只有利用再利用，這些女人連女性意識都說不上，只是忍耐再忍耐，最後放出大絕招。她上承兩種的海外書寫，接續六、七〇鄉土小說施叔青、陳若曦，來到八〇年代的廖輝英、袁瓊瓊，她們有點類似，都是在職場中打滾，重男輕女的環境下成長，金錢與事業成為她們小說的重心，充滿世俗（市儈）風情；她們也都在豐富的人生經驗中較晚出發，關懷現代家庭與倫理，然廖小說的女性走向不歸路，袁的女角沉迷於愛情，黃茵的小說女人最後都能找回自我，在被壓抑中化險為夷。作為虔誠基督徒的她，不說教也不提上帝，卻可看見神蹟的無處不在：沒有人要看完全無救的小說，也沒有人能輕易接受神的存在。然文學之美美在理想；有次我們談到小說的最後追求，我說以前大師說的「真善美」還是重要，她笑了出來。她笑的是答案未免太簡單，並非不認同，她身體力行，做田野以求真，描寫人與人之間的溫暖與善意，然後在主旨中點到神，散發上升的光輝，文字則有眾聲喧譁之美。這些作品類似王定國鎖定家庭倫理之間，在幽微淡遠中填補人倫破洞與縫隙，看似老派卻十分耐讀。

她的優點是寫作速度與學習力驚人，一個學期交好幾篇小說，還是長篇，其中一篇二十幾萬字，以菲律賓為背景的莊園愛情故事，我看得頭暈目眩，卻為這篇說了很多，異國背景沒真實感，你長住菲律賓，順便做個田野。

她真的帶著菲傭去做田野，做完轉了方向，以農民運動為主，擅長寫故事的她，寫成菲律賓的茉莉花革命，得了星雲歷史小說獎。她可以在短時間作這麼大的改變，連文字都年輕化，除了企圖心與才力，最主要是她內裡有個永遠不老的女孩。

因此她的小說有機靈女孩的視角與世故女人的雙重聲腔，我特別喜歡她的女孩小說，如〈最多三八的那支〉中在大人的外遇故事中扮演關鍵角色的毒嘴女孩；又如〈掠蟲〉中被洋神父拉出鼻中大蟲的虔誠女孩、〈外省姊夫〉中對英俊的姊夫帶著欽羨的阿敏。這些小說雖也是鄉土題材，俏皮又深刻，看似清淺，都蘊含人性的光，不管是後鄉土或新鄉土，它們都是出色的作品。

至於世故女人這邊，寫得煙火氣十足，不管是被離婚的台商妻，那操作黃金與房產的手腕，真是嗆俗得可以；還有為了上位拚命練高爾夫球的七年級上班族，這些都很接地氣，就是少了一些跳脫與希望的光。

因此〈多元成家〉這篇特別重要，被子孫棄養的老太太，用LINE連結上更像家人的鄰居，這種笑中帶淚，或哭笑不得的窘境，寫出現代人的怪誕與荒謬。

手機在其中扮演重要角色，火星文有一點，英文不少，但那只是學舌，他們要說的還是人之哀與物之哀，跟老派的王定國一樣，他們擅寫小人物的悲哀，很會講故事，人物通常生動，結構嚴謹，就像是依照寫實大師的寫作守則，然又不小心把自己寫進去，一種夾揉自傳或他傳的書寫，它們沒有太深刻的主題，一種人道關懷、加上許多嘲諷，如此形成浮世繪般的風情畫，如〈春晚〉（好懷舊的題目）中被台商拋棄的海雲：

> 當愛情卸了妝，便再也無法靠浪漫支撐。
>
> 娘家媽媽再三提醒她千萬不可得意忘形，要顧及先生的感受。受到上司賞識，薪資倍增，她當然得意，但她忘形了嗎？如果可以交換，她寧可昕豪渾身掛滿榮耀，她樂於扮演配角，熱眼看著他的驕傲，為愛討好，渴望一起到好。

看到這裡，以為舊作還魂，但海雲不是傳統的怨婦，她會理財、握有不少財產，又升職外派國外，離婚對她恰是解脫。

這種看似傳統女性的大反轉，在作品中比比皆是，如〈以斯帖〉中的外傭，看似沉默冷淡的以斯帖（聖經中的戰士），任性離職又回來，家務作得更好，居然連燒賣都會作，還斜槓在網路作生意開團，她比桂花蒸阿小更神奇：

怎麼你又回來？鄰居家的幫傭用菲語問候。以斯帖一如既往沉默埋首勞務，不加解釋，不掏出傷痕展示，清楚她的世界不同於別人的世界，這是廚房，這是掃帚，這是抹布，這是清潔劑，長相左右。幸運的話，你能夠擁有一扇窗，夜空懸掛一枚小小的月亮，照亮你的臉，這是笑，這是淚，這是你荒蕪的瞳，以及你懸在胸前的瑪麗亞神像。

這裡的文字乾淨，直白而真誠。黃茵數十年寫小說，從浪漫愛狹路寫到一條光明大道。從小愛到大愛，從固著到多元靈活，她的大勇，相信會帶給許多人勇氣與超昇的力量。

推薦

黃茵的小說有一種久違的速度感，那是關於小說這個以「說故事」作為文類本源的技藝，最本格性的展現。我以為這種關於速度的快感並非僅僅來自技術，更大的部分，是她豐富的跨國移動經驗、達練熟成的人情閱歷，以及對「人」本身的高度興趣，織就了小說紮實、厚重且難以被取代的現實肌理。《最多三八的那支》書寫出當代台灣文學極少觸碰卻也極為普世的面向：中產階級的中年初老階段，婚姻、家庭與經濟結構的交織網絡，如何如一張大網，將人釘死於其上？出路是可能的嗎？而小說中交匯的跨國話語，究竟是一種出逃的策略，還是逃無可逃的諭示？庸世掙扎的殘酷與救贖並存，造就了此書充滿滋味的人間煙火氣息。

——散文家　言叔夏

隱藏在流暢易讀的敘述之下的，是作者的巧妙布線。看似熟悉的鄉土題材，從古早年代偏鄉村中首度裝設了第一支電話，做為故事的起點，然而從這中心輻射出的卻是一層層的跌宕與懸疑。敘述手法與主題最後完美呼應，原來這是一個關於欺騙的故事。

英文中有一個說法，deceptively simple，看似簡單，其實是表象欺騙了耳目。作者成功地運用了一個童年回顧的觀點，讓父親是村長的阿敏，看著成人世界的種種欺騙。

父親的外遇是一種欺騙，鄉民擲筊決定作物，表面上換來大豐收，實則生產過盛造成價跌，似暗諷到底是神欺還是自欺。而後母親為貼補家用，在工寮賭場中靠著阿敏打小暗號，儼然成了賭后高手。政治解嚴，選舉買票也開始滲進了原本淳樸的鄉民生活……這一些看似隨意的生活枝節，處處是欺騙的行徑，對比著最後敘述者以孩童式的「欺騙式無辜」，犯下了一樁毀滅性罪行，讓這篇小說出現了讓人意外又不禁低迴的深度。

——林榮三文學獎小說獎〈最多三八的那支〉評審感言

小說家　郭強生

故事帶領我們，回憶曾經存在，以及不再存在的生活。

閱讀黃茵的小說，不得不著迷於故事。所有的故事都有來歷，那是故鄉的哺育，以及多方移動的反芻。是以，叭哩沙（三星）的鄉土躍然紙上，由此出發，角色遭逢各種定義的豐饒異質，再次揭露習以為常的自我。那並非僅只個體不可取代的經驗，隱藏其中，更是移動路線文化碰撞的幽微隙縫。時代的回返，地域的跨越，小說並非回到定讞，而是闡述時空之下的複雜互動、衝突與齟齬，乃至人的決定。一切看似臧否論斷，卻往往秉持深刻，時而翻轉，時而強化，時而統攝，再次組構整則故事，顯露更為細膩的內在辦蕊。

——小說家　連明偉

這本小說集的亮點很多：其一是敘事俐落，黃茵敏於掌握故事的「節骨眼」，打在點上，筆路筆力，讀得出經年深厚的寫作功夫；其二是題材性強，好看，而不為題材約束，三兩句就道盡人事最不能道盡的苦楚；其三正是作者在敘事與題材的精準掌握，整本書，合而觀之，作者緩緩攤開了一張故事的地圖，跨國界與跨地域的移動書寫，黃茵寫來最是有情。「南方」則是藏在小說中的一道引人尋解的謎題。那是地理與歷史的課題，也是文學與生命的贈禮。

——小說家　楊富閔

春晚

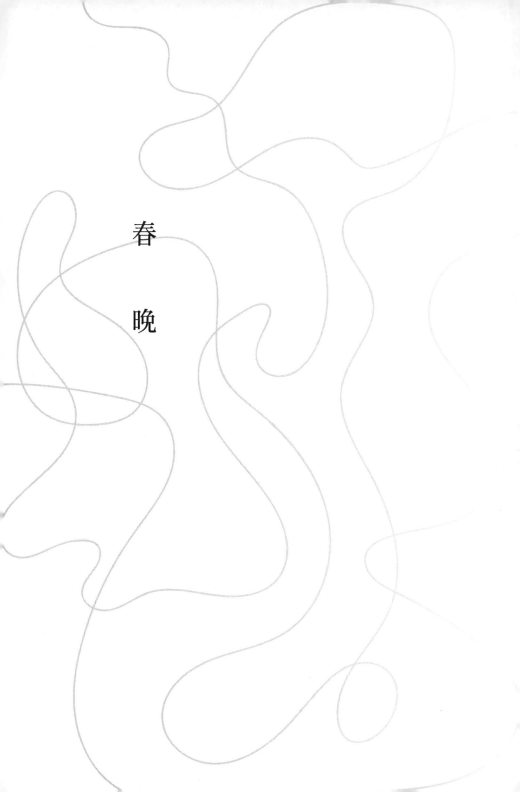

天色將明，意識才剛到位，太陽穴兩側一漲一縮如脈搏般抽疼尾隨而至。慶幸的是，今天早上恨沒有跟來，就像再沒有人輕撫她柔細長髮，用吻喚醒她，也不讓她難過。但她仍習慣性地拍拍一旁冷涼的枕頭，手臂不能伸得太直，再過去就是床的斷崖。心裡默數，第二百四十三天。

過往，她會持續維持這樣的姿勢，不讓自己完全清醒，逼記憶洄流。被褥於是緩緩浮出熟悉的氣味，顧不得上班要遲到的昕豪，任性埋進她柔軟胸脯，舔吮她的乳頭，伸手探進她兩腿之間，以酣暢淋漓的歡愛，開啟新的一天。

「都跟你說了，早上有個會議。」她邊穿衣服，邊搶在他淋浴時坐上馬桶。

「沒辦法，我就是個無賴，就是離不開妳。」他頭探出拉門，水注嘩嘩拍打他深情笑吟吟的臉。「就想賴在妳身上，賴著愛，一直，一直。」

匆忙慌亂的早晨，是夫妻該有的日常。

此刻，六點五十五分，海雲拉開布幔，推開玻璃窗，庭院裡風暖鳥聲碎。

她不急著盥洗如廁，不必跟誰輪流使用吹風機，整間主臥都她專屬，包括壞掉的燈泡、阻塞的水管、每逢大雨即滲漏的牆縫，婆婆初一十五配粥吃的素食醬菜、全部的憂心、叨念和健保費，兒子的校外教學、交友軟體裡的ＬＢ（little bitch）、暢旺的腎上腺素以及聯絡簿。

戶長，一家之總管的權柄悄悄落進她手裡，因為昕豪幾年前已加入雲配偶行列，跟她開啟遠程交互模式，虛擬情愛和關懷。

LINE群組裡，已婚卻單身的太太們這樣形容長年供養在雲端的另一半：「你們看，天邊那朵濃積麻花捲，像不像我老公？」根據作家格十三的說法，那是因為肉體過度膨脹，帶動精神拔高，終致如水蒸氣，越飄越遠。

儘管丈夫返家的日子從月延長至年為單位，也只暫時離席，並非退場。她只是接手，不是掌控，依然要牢記他的喜好，成就他隔空遙控的意志，無條件聽從全部的指點指教和指正。

記得兒子高中開學時，老師發了一份家庭調查表，上面有個欄位寫著父母的婚姻狀況，是分居還是分住。

居跟住不一樣嗎？海雲問。不一樣，兒子說，分居代表爸媽感情出了問題，很可能有離婚的打算；分住是指因工作關係，不得不暫時分隔兩地，每段時間還是會相聚，例如海外與台灣、北部和南部，儘管分開住，感情還是好的。

海雲手握方向盤，分神想著兒子這番解釋，不禁苦笑。一定有很多同學跟他一樣，被迫和爸爸分處兩地，每天靠微信下載親情，勉力維持和諧溫馨的表象，假裝成哥兒們，細數ＮＢＡ球員，批評巨石強生演技十年如一日，丹尼爾・克雷格的００７最終回不如預期。然後，能聊的，相互關注的，越來越少越分歧如掌紋。於是，取消視訊避免尷尬。漸漸地，手機鈴響成為煩躁的負擔，終於明白不是「受過傷，就能成為彼此的太陽」。

熟練地將車子停妥兩車之間的窄格，海雲緩過一口氣，眼前敞開的大片水泥地幻化成《沙丘》裡的荒漠，無盡長征，她是擱淺的鯨，夢回海洋。鹹澀的淚水忽忽來到唇邊。

今天特地請假，難得穿著輕便的她，腳上是一雙胖矬鞋帶過長褪色咖啡般的氣墊鞋，昕豪老愛取笑它是老奶奶專用醜款。其實這種鞋特別設置了儲氣腔，帶來很好的減震效果，最能保護腳踝、膝蓋，耐磨好穿。

舒適、合腳的鞋，才能在雨中跳舞，獨自漫步無人的街頭。

位於西屯路這家叫「集慶」的銀樓，滿滿金銀珠寶櫥窗，長短大小造形各異的項鍊、戒指、飾品，黃金的、白金的、鑲寶石的，晶瑩璀璨，充滿幸福歡樂的隱喻，家有喜事的人客倌限定。

昕豪曾帶她來過一兩次，她自己來過更多次，在金價還持續低迷時來買每單位一兩重的金塊，作為投資。這點昕豪也有話說，他認為上個世紀九〇年股市崩盤後，世界各國經濟景況都不好，不可能也沒能力再發動任何戰爭，具避險保值特性的黃金，價格上漲空間有限。誰知二〇〇八年金融海嘯後不久，黃金從每盎司六百八十一美元，拉抬至一千九百美元的歷史新高點，證明她的眼光精準。

銀樓老闆姓周，六十上下，富富泰泰，永遠笑容親切，無論你要買的物件多麼廉價不起眼，他都會耐心地仔細幫忙挑選，即使看了半天猶拿不定主意，他一樣笑吱吱殷勤替換。

興許上班日的關係，時間尚早，店裡竟沒有客人。海雲從包包裡掏出那只脹鼓鼓無印良品贈送的福袋擱往櫃檯上，小心拉開上面纏繞的土黃色錦帶，告訴老闆要全部變現。

周老闆一陣小錯愕，訝然綻開的嘴角很含蓄，戴著金邊眼鏡的眸子，看你的時候，不單單看著你的臉，而是將兩道柔和的目光望進你的瞳仁，主動猜測並體貼你的需求。

「轉投資？」關切語氣像老朋友。

「有急用。」海雲淡淡點頭，接收到他體己又不便多問的眼神。

周老闆轉身從櫃檯後邊抽屜取出一條白色長方形的絨布鋪在玻璃櫃上，海雲兩眼不由自主地集中在他右手無名指那枚碩大的藍寶石戒指，隨著它拿出鉗子檢視每個鐲子、耳環上的紅綠寶石、墜子鑲嵌的鍍金膜而轉動。

「這些裝飾品都不值錢，全部要挖出來才能秤重，妳可以帶回去留做紀念。」他說。

海雲禮貌地表示不用了，交給他處理就好。世故的他一定看多了這種為了各式各樣原因不得不「變賣家產」的場面，態度十分嚴謹，熟練而專心地清理每一個物件，再全部拿到他背後那只用壓克力罩罩著，看起來相當精密，數字精確到小數點後三碼的電子秤。

「一共八十五萬。」

周老闆從保險櫃取出現金，每十萬一疊，放入小型點鈔機清點兩遍，先放入牛皮紙袋，再擱進布質的福袋內。

走出銀樓，街道依然冷清，冬陽在她身子後方，以短促的陰影追趕。幸好她腳上的鞋適合疾走，如有需要跑步也不成問題。這日常的光影其實無所不在，為何此刻像隱藏的陷阱，迫她步伐慌亂。

拿著這麼一包現金走在行人稀少的馬路上，海雲感到無以言狀的恐懼，擔心剛剛進店裡時會不會有人站在外頭窺視，任何人進銀樓，是買是賣，都表明了身懷財寶，難免讓宵小覬覦。她下意識地將包包往腋下挾緊。如果昕豪在就好了，他可以把車子開到門口接她，或陪她一同前來。但，他會嗎？他是個極要面子的人，因為生意失敗落得要變賣老婆的首飾為自己還債，心裡想必煎熬。

突然一陣急促的踩踏聲從後頭逼近，海雲胸口陡然滿脹，包包移入懷裡，幾乎要拔腿奔跑，忽聽得周老闆溫潤的嗓音響起——

「我陪妳到停車場。」一聲音才落，已快步來到她身旁，「不好意思，剛剛沒想起，妳一個人這樣不安全。」

「謝謝你。」她回眸與他相視一笑。無形煙花，頓時在空氣中閃爍。

過馬路時，周老闆手臂輕輕搭著她的肩膀，開放的空間裡，她居然能嗅聞他身上那屬於男人特有的體味，一股安心、踏實感片刻間弄濕了她的雙眼，不明白自己幹麼這麼感動。

是感動還是感傷？清醒的肉體，睡著濛昧黎明的纏綿，她至歡至愛的人，漂泊的蹄聲，漸遠漸渺漸無聲。

多希望停車場永遠到不了，一路上有他相伴，傾聽她叨絮生活中的點點滴滴，開心的，不開心的，安定她的心，讓她自願渺小，堅毅地不鬆開手。這段路，猶如奢來的一般珍貴，轉眼已到盡頭。

揮別時，周老闆猶站在原地目送她安全駛向馬路。

午休前趕到銀行，號碼牌 757，屁股才沾上椅子，服務員廣播，四號櫃檯亮起紅燈。海雲趕緊提著包包向前。

「我要先存款。」整包福袋和存摺交給行員後，她如釋重負，不自覺地又嘆了一口氣。「然後，我要辦理房屋貸款。」臂彎裡灰色格子丹寧托特包放了她的雙證件、印章和土地、房屋權狀以及薪資證明單。

行員淡漠地瞄了一眼她的身分證。問：「林小姐最近要做什麼投資嗎？」這幾年由於詐騙案件頻傳，近來只要大筆現金借貸或提領，金融單位都會例行關心一下，以免再有民眾受騙。

「不是我，是我先生，他在杭州做生意。」海雲具實以告。

行員問：「要貸幾成？」

「最多可以貸幾成？」

「一般購屋貸款可以貸到七成，投資貸款頂多五成。邱小姐是我們的老客戶，我可以請經理多核一成給妳。」行員還是不放心，追問：「先生剛去杭州還是已經在那裡待一陣子了？」

「待了快十年了。」

行員臉色微變。「做得不順利嗎？」

一般能在對岸熬過七、八年，通常已經打下相當穩固的基礎，怎麼還需要從台灣搬錢過去。關於這點，海雲心中也頗有疑慮。

「不是的不是的，」她趕忙解釋：「其實他做得很不錯，只是想趁著市場還熱，趕緊到別處擴點。」

簡單幾句話，她竟漲紅臉，兩頰熱呼呼的，看在別人眼裡，一定以為她言不由衷。而她的確言不由衷。

行員再次點點頭。「麻煩填一下申請書，審核的時間需要二到三個星期，大約一個月左右會撥款到妳指定的帳戶，手續費直接從帳戶扣抵。」

「好的，謝謝你。」

「方便請教邱小姐，妳先生在杭州做哪方面的投資？」

「零售業。」

「哪種零售業？」

海雲霎時呆愣，也許昕豪跟她提起過，認真細想，只是憶不起來。

不再共享兩人旅程沿途的風景後，驚覺彼此只是幽暗的過場，止於泛泛。

家屋後方有棵芒果樹，從抽梢、展葉至枝條蔓生，二月中旬花蕊初綻，三月進行生理落果，希望冷霜不來危害，四、五月綠色圓形果實便各自奮勇增長，如無意外，六、七月即肥碩熟甜。她對昕豪和他的事業，竟不若對一棵芒果樹的了解，旁人隨口一句話，令她整顆心落荒而逃。

也許過於迢遠的關係，相互都力不從心信守昔日的承諾，同時擁有許多關係，卻同時沒有一個完整。

海雲心裡抱怨這行員實在太囉嗦，辦個貸款又不是沒有抵押品，問東問西像怕被她倒債似的。

將一干證件影印、登記完畢，退還給她時，行員見她一臉尷尬，又雞婆提醒：「保險起見，妳還是過去看看，畢竟抵押的房子是妳的。」

海雲知道他還有話沒說出口，她不要問，不要他出口，保留一局未揭盅的謎，像保留一場沒到盡頭的夢，她便不需要接受醒來時陽光刺目的疼楚。

貸得的額度約莫六百萬，期限二十年，每月償還三萬元，以她目前的薪資收入尚能負擔。昕豪需要她，肯定她在婚姻中的價值，以致讓她忽略了明擺在眼前的事實，忘了感情不是一個人的事。

走出銀行大門，一陣強風拂掠，她過短的褲裙和不夠厚長的襪子中間露出一截小腿肚，冷得她直打哆嗦。再一個多月要過年了，昕豪到杭州以後，她已接連四年沒在年初二回娘家，也沒給自己添購幾件像樣的新衣服。

這陣子她時常想起他們剛結婚時，急著買車買房好將婆婆接來同住，每月薪資繳完貸款就快見底，為撙節開銷盡量不外食，於是她買了幾本食譜，到IKEA購入簡單廚具，調製家的味道，以為那是幸福的開端。

廚房在透天厝的尾端，狹長L型，既沒有旅遊頻道《改建大作戰》裡光潔明亮的櫥櫃與中島，更不可能烤箱、調理機齊備。尤其糟糕的是外接小後院，公公生前栽植的芒果樹十分安詳地盹住晨曦，吸納九成天光，蚊蚋趁隙潛入。

昕豪總不忘幫忙點上鱷魚蚊香放門口，送上擁抱和親吻，說：「這樣妳就可以安心料理美食。」

她怎能沒發現，他說的是「妳」，不是「我們」。

年少時，刻苦、狹仄的角落從來都是媽媽的屬地，她們姊妹三人忙著讀書、工作、結婚，無從體會媽媽揮汗、掌杓的辛苦。而今，白日裡在公司已耗盡精力，穿上圍裙，執起刀柄的瞬間，她險險把持不住的想哭。

那陣子，她常覺得不可思議的失落，即使盯著昕豪歡快地大口大口咀嚼，嘴角油漬碎屑盤據，像貓咪意猶未盡地舔著盤底，笑容滿足到溢出來，還是有股晃動的虛無感。夜裡，伴著他的鼾聲入眠，她會刻意貼近他突突顫動的胸膛，嗅聞他極富性挑逗的費洛蒙。難道是他閉著雙眼的睡容太過解放，鼾聲太過安逸，充斥著透明感，因而能輕盈地在家庭的責任和需要間抽離？

每日鼓起殘餘精氣神，咬牙苦撐的成果，是奮勇學會了一身好廚藝，舉凡叫得出名字的台菜她都能料理出相當的火候。

記得有次燉煮四神湯，發出吱吱聲的快鍋熱氣蒸騰，掀開鍋蓋的剎那，香氣攪動腸胃，美味同時爆表，兒子讚聲連連。那時節昕豪的同學、朋友們有事沒事就聚到家裡來，熱熱鬧鬧，日子是抑縮在水面下張口無聲的溫馨。

那時，她以為足夠努力，最大範圍的單方付出，就能獲取歡笑，和更多的歡笑。從沒想過，那只是片刻的時光，一如電影《藍色情人節》，幸福只存在某些當下，過了，就不再回來。

她在公司的位階跟著私房手藝步步高升，昕豪卻始終在原地擺盪，忘了從什麼時候開始他就不再吆五喝六，向外人炫耀自己老婆。

當愛情卸了妝，便再也無法靠浪漫支撐。

娘家媽媽再三提醒她千萬不可得意忘形，要顧及先生的感受。受到上司賞識，薪資倍增，她當然得意，但她忘形了嗎？如果可以交換，她寧可昕豪渾身掛滿榮耀，她樂於扮演配角，熱眼看著他的驕傲，為愛討好，渴望一起到老。

她的哀愁不是生命落入死蔭幽谷，是情感沸騰過後得以預知的冷涼，玫瑰一經綻放無可避免的凋零。

然而，也許她獨自煎熬的婚姻根本反覆徒勞，傷害與療傷的輪迴，但也許還未去到最終回，難道不應該看在愛的份上，再給自己一個機會？

看看手錶，十二點十分。走出銀行，冬陽正暖，現在回家只能和坐在電視機前的婆婆大眼對小眼。她決定到百貨公司轉轉，吃碗拉麵，找找有沒有合適又正在打折的衣服。

「23區」還在，真好。這家位於大遠百南棟，專進口日本設計師恩瓦德作品的專櫃曾經是她的最愛。服飾樣式簡單大方，時尚與奢華並重卻不過重，絕少蕾絲，也不綴以突顯個性的亮片或可愛珠子，很合她的脾味。

海雲先環繞櫥窗一圈，欣賞五個假模特穿著的幾款套裝，格紋大衣，寶藍、銀灰連身洋裝，黑白色調的襯衫、風衣，剪裁均十分新穎雅緻，頸子繫上同色絲巾，腕際的皮革提包，真出色！玻璃上貼著：四種走進英倫的最佳穿搭途徑。

好多年沒來了，櫃姊早已換人。興許見她一身樸實媽媽裝，一走進來就直奔特價區，櫃姊盯著電腦的雙眼只抬起來幾秒鐘就又移回屏幕，反倒讓海雲能自在地往架子上翻尋、拎往身上比看大小，驀然瞟見自己出現在牆上的全面鏡框裡，既驚訝又羞赧。

四十八歲不能算太老吧？剪的什麼江青頭，呆板透了！兩頰蒼白得像《暮光之城》裡的羅柏‧派汀森，身上的外套材質一看就知是化學纖維，褲裙才九百九，身材再好也瞞不了專業又愛以貌取人的櫃姊。

「我想試穿這件毛料洋裝。」口氣倒是部門主管的自信語調。

「好的。」櫃姊打量一下她的身材，說：「妳屬於瘦高型，十一號應該適合，不過，裙子會短一點，還好，妳的小腿很勻稱。」

這話術太高明了，不著痕跡讚美更令人心花怒放。櫃姊快步走向後面取貨，順便拎了一件呢絨外套過來。

海雲走進試衣間，趕緊看標價。貴。大約是平價時尚品牌的七到十倍，好看的程度也是。溫暖不厚重的洋絨，內襯拉鍊，不僅裙襬連胸線都裁製得服服貼貼，顯出她久沉冰河底的曲線，再搭上那件長板大衣，完美的程度簡直可以登上VOGUE 廣告。她拉高衣領緊緊包覆住身軀，想像昕豪午夜裡伸過來的雙手，環抱她整個人，熱吻如繁雨急落，飢渴又急切……。櫃姊激賞的表情，配合拉長音的連番誇，令她今天的血拚行動達到最高報酬率。

經過一番緊扣預算的天人交戰，她決定買下洋裝，捨棄那件叫人愛不釋手卻得耗掉她三分之一月薪的大衣，櫃姊直呼可惜了。

回到社區才五點半，這時候婆婆應該在三角公園跟長青學園的媽媽們跳土風舞，她手上這大掛紙袋得趕緊提回家擱進臥房衣櫥裡。

媳婦這角色無論擺在哪個位置只能是幫補與陪襯，越扁平低調越好。

孩子照例補習去了，晚餐也在補習班解決，屋裡就剩她一人，一如往常。空氣裡只有後面鄰居家悍悍的炒菜聲。冷清、寂寥的每個角落瀰漫著冬日的沁寒，走著走著就讓人心慌。

打開樓下每一盞燈，伴隨亮光而來的是島嶼冬日黃昏特有的潮濕，混合一股來自防火巷的苔泥與食物腐敗的味道。她從冰箱拿出高麗菜和昨夜醃好的肉片，一袋蝦仁與透抽，打算在二十五分鐘內煮好兩碗海鮮麵。接著打掃、收拾裡裡外外。

一開始，她以為自己熱愛烹調，融入昕豪的喜好，馴化並催眠自己成為嫻慧的廚娘。

「烹調時，應該學『帥哥廚師到我家』，來一杯紅酒，邊聽音樂邊洗洗切切，培養優雅情調。」她曾經這樣要求過昕豪，卻被他笑虧電視看太多。

「我餓死了，妳手腳快一點。」催促的口氣像直接拿針刺破氣球，每回都令她超沮喪。

突然安靜的四圍，寬敞如海，紅酒和音樂亦無法增添樂趣，如果沒有他的日子，這樣的空間一點也不私密溫馨，情願讓渡給煙霧繚繞的鱷魚蚊香。

玻璃櫃上，夜幕映照出憔悴的五官，左轉出現，右轉也出現，仇敵般地亦步亦趨。她究竟是慢慢變老，還是一瞬間就崩壞了。伸手打開窗戶往外看，發現後院的芒果樹開花了。這棵愛文芒果每到三、四月開始結果，往年昕豪會小心翼翼地噴灑一次農藥以驅蟲，藥效過後再套袋，六、七月成熟的芒果發出陣陣果香，他仔細挑選最香濃的，每天採三、四顆，讓她和婆婆解饞，那甜，是屬於羅曼史等級的。那時，作為幸福人妻，她堅信兩情若是久長時，無需朝朝暮暮。

如今，乏人看顧的芒果樹，樹葉變得粗黃，樹幹上蟲蛀處處，果子越結越少，樹底下覆滿鬼針草與它爭奪每一寸土地，跟她一樣不敵歲月摧殘，無聲無息地頹朽，卻仍堅持守護這個家。

假如當初她沒有答應昕豪到杭州工作，他就不會虧空公司那麼多錢，面子上掛不住，只好留滯大陸另謀出路，這一切會不一樣嗎？多年以後，他們依然相愛嗎？而今，只要他返鄉探親的日子，家裡的氣壓便十分低沉，一股欺瞞、遺棄的氛圍。

她與婆婆向來相處融洽，尊重各自擁有的簡單生活，卻被昕豪逼到牆角成為彼此的獄卒，看守著一座岌岌可危的屋瓦，日復一日難以負荷。

手機叮了一聲，昕豪傳微信說週末下午回來。好端端回來做什麼？下一秒，她不禁失笑，覺得自己實在要不得，昕豪不能因為想她想孩子想母親回來嗎？回家對任何人都是再自然不過的事，根本不需要理由。但對一個不顧代價迷航的人就不同了。

渾身一陣哆嗦，來自過去的寒風破窗而入，她頓時心神不寧，試著像壓住米酒瓶蓋那樣，壓下所有忐忑，然而瓶底下的騷動卻不肯止息。

晚餐時，婆婆跟海雲說起舅舅的事。「他今早騎機車到果園時，可能天色太暗，一不留神栽進路旁水溝裡，送到醫院已經沒有心跳了。」

海雲訝異張大嘴巴，一時接不上話。

「我已經打電話給昕豪，叫他盡快趕回來。天頂天公，地下母舅公。出殯那天他一定要到。」接著，婆婆沉浸在喪失哥哥的悲傷裡，每吃幾口麵就抹一次淚。

海雲原本要告訴她，她把房子拿去抵押借錢的事，但這節骨眼似乎不好開口。夜裡躺床上，睇著簇新的衣裳懸在衣架上寂寞地美麗著。家族裡正要辦喪事，暫時不適合讓它亮相，一頭呆板的直髮也只能讓它繼續無趣著。

總是這樣，生活中層出不窮的鳥事，一會兒婆家的誰誰誰，一會兒娘家的這裡那裡，生命中那雙撥弄的手想盡辦法阻止已婚婦女活得歡喜自在，若是不小心露出丁點星火，馬上抬起腳踩爛，還要求她們燦笑著過寡淡的鬼日子。

舅舅那群得意於職場各領域的兒女，因事業忙碌，特地趕在頭七前一天讓他出殯。

婆婆提早兩天回娘家幫忙，說要住到做完三七，陪她寡居的嫂嫂。

昕豪或許憂心親友們問起他的中國事業，午宴還沒開始，即藉口訂了隔天早上九點班機回杭州，簡單與眾人打過招呼，拉著海雲從新竹開車趕回台中。

坐副駕上，海雲冷眼瞥向他，用力讓自己平靜下來。闊別半年多，他竟顯出中年的富態，染一頭黑髮卻遮掩不了恣意增生的皺紋，寬鬆毛衣擠往肚腹，更添臃腫，但看在她眼裡依然瀟灑。她好想握住他的手，告訴他頂多再三星期貸款就能下來，當初買的金飾增值三倍多，要他別為資金的事情太煩惱。也想問他農曆春節回不回來，是否多待幾天，帶媽媽、孩子出去走走？他們倆多久沒有擁抱、沒有性生活？

昕豪手握方向盤，兩眼直視前方，緊抿的雙唇蓄意將她隔到千里之外。

她想，初初相戀時十指緊扣，真不算什麼。結婚三十年，還願意牽手走遠路，才是真愛。婚姻的本質，就是千難過去還有萬難。

除了生悶氣，她一句話都不想說。這些年，越洋電話總體恤地報喜不報憂，任何人生病都是她的責任，狂風暴雨中她是大傘更是支柱和糧食。不是她做得不夠好，是她的好被理所當然的忽視。

太安靜了，多喘一口氣就會氧氣耗竭似的。車外呼嘯刺耳的引擎、喇叭聲都成了背景，彼此呼吸可聞，喘息聲是急躁不耐的，誰先開口誰就落了下風似的。

「有件事，我想告訴妳。」

終於。謝謝他打破僵局，挽救她殘存的一口氣。

「關於你新成立的公司？」

「是的。」口氣莫名慎重。「中美貿易戰開打後，各行各業生意都不好做，單單杭州蕭山的台商就關了數百家。」

然而這些都不是重點，海雲明白，靜靜等候他拋出震撼彈。

「上回媽給我的那兩百萬，敵不過高漲的物價和人事成本，虧空越來越大。我想，我們離婚吧，我不要妳跟著我受苦。」

「我是你的老婆，跟你同甘共苦不是應該的嗎？」海雲盯住他閃爍的星芒。

「妳不了解事情的嚴重性，那個虧空之大，我恐怕拚搏一輩子也填不滿。」

「多少？」

「四千萬台幣。」

海雲直覺呼吸停止了好幾拍。

一個中產階級家庭，要多久才能存到那個數目？

過往，他總抱怨懷才不遇，在公司遭主管輾壓，同事排擠，妄圖自己當老闆，做自己喜歡的事。用力挖了一個無底的錢坑，坑掉他媽媽的退休金還不夠，眼看著要連這個家都賠上。

「所以，我們離婚以後，你就能解決難題？」

「不是，是離婚後我就沒有牽掛，可以放手一搏，置之死地而後生。」

牽掛？海雲差點失笑，質疑他懂不懂「牽掛」這兩字真正的涵意。

「原來是我們的婚姻綁住你，讓你礙手礙腳？問題是我從來不曾過問你在中國的工作。」

「妳怎麼就是聽不懂呢？我不要妳跟我吃苦，我要妳過得好好的。」

「不要把自己說得這麼偉大。搞外遇就搞外遇，承認很難嗎？你還是個男人吧？」

「我沒搞外遇。」

「你還有肩膀吧？」

「我說了，我沒外遇。」

「別逼我瞧不起你。」

按照電視劇情的合理演出，她應該哭鬧一下，至少要表現得難以接受，噴幾滴眼淚應應景。但她的痛苦像上了麻藥，放在現實的景況中，反而輕飄飄的失去它該有的重量。

「這樣跟你離婚，像是我吃不了苦，在你最需要奧援的時候拍拍屁股走人？這我做不到。」

「那怎樣妳才肯離婚？」口氣居然溢出逼迫的味道。

「等你功成名就吧。你發大財了，才有能力休掉我這糟糠之妻，放心大膽去包二奶、三奶，不是嗎？」

她的冥頑不靈，令昕豪大發雷霆，竟爾忘了轉往中港交流道，一路將車子開到彰化。等他要找個藉口加以辯解時，海雲僅剩空蕩蕩的一層哭不出來的皮肉，只能用更多的鄙視回應他。

「我不會讓妳白白離婚，我會把房子留給妳，帳戶裡的存款，那些金子，還有股票，這部車妳要的話也給妳。」

套句對岸的說法，他是準備要淨身出戶，只求她放人。

「負債四千萬，還這麼大方？」

海雲目光輕輕掃過他陡然漲紅的臉孔，涼涼地觀看他眉宇之間昭然若揭的心事。

「媽媽跟兒子呢？」她問。

「兒子明年就上大學了。如果妳沒有想再嫁，媽也可以跟妳住。」

「亦即，我依然孤伶伶守著那個家，照顧孩子和你的老母親，卻得任由你為所欲為？」

夜裡兩人躺床上，昕豪故意弓著身子挪向床緣背對著她，像一種懲罰。彷彿無論她喊得多麼聲嘶力竭，他始終在水族箱的另一邊充耳不聞。

在這個婚姻裡她是太過安分，偶爾站在太陽底下都要擔心位置不對恐怕遮住別人的光線，時時修正自己要如同滿分的考卷，討眾人歡心。然而，在她還沒鼓足或蓄積「管他去死」的勇氣之前，她仍想拚盡最大力氣挽回。畢竟她曾那樣深深地愛過他。

一夜無眠，班還是得上。

她將熬好的稀飯放進電鍋溫著，昕豪特別愛吃的薄鹽鯖魚、醬瓜和酸筍用保鮮盒裝起來，交代婆婆等他醒來，幫他煎個荷包蛋。

兒子在車上好奇地看著她。

「昨天，妳跟爸爸吵架了？」

「怎麼知道？」

「整個晚上，一點聲音都沒有。」

是嗎？在即將坍毀的夫妻關係中，她竟以失語的方式抗爭。又或者，在昕豪丟出震撼彈以前，她的內心早已傾圮成一座廢墟，是以連抗爭的力氣都沒了。

年假開始前一天，老總叫她進辦公室，交給她一只信封，裡面是一張面額三十萬的支票。海雲倏然心驚，以為公司要資遣她。

「這是公司獎勵妳每個月業績不僅達標，還領先其他同仁一大截。」老總挪了挪胖屁股，推推黑框眼鏡，慎重其事地瞅著她數秒鐘，接著說：「公司想到馬來西亞駐點，不知道妳有沒有意願？」

突如其來的訊息，海雲一時怔愣。「能給我一點時間考慮嗎？」

「年假過後給我消息。原則上，妳先帶一組人以出差的方式過去了解那邊的市場、環境、競爭對手以及法令政策，半年後，大約九月，再正式駐點。」

走出辦公大樓，她赫然發現眼前的忠明南路竟是如此寬敞，慣常擾鼻的 PM2.5 也變得清新宜人。

這麼大事情，她該第一時間打電話跟昕豪商量的。但他會在乎嗎？婆婆會怎麼說？她會捨不得媳婦飄洋過海到外山頭打拚，像當年送昕豪到杭州時，那樣淚流滿面嗎？

海雲站在十字路口，冷風不斷迎面吹來，灌進領口，煎熬並淘洗她的五臟六腑，令她通體舒暢。此刻，她像古代纏足的婦人，倏然解放後需要一段時間練習走路。

忘了車子停在地下室，她沿著騎樓往前直走，腦海裡雪絮紛飛，心情複雜得分不清是喜是憂。直走到銀行門口，才急急折返。進地下室前婆婆來電，一進地下室電話就斷了。車子開上台中港路，她回撥給她，告訴她再二十分鐘就到家了。

「昕豪生病了。」婆婆聲音聽起來急如星火，感覺熱氣正通過話筒噴往她臉頰。「他沒辦法回來過年，妳快訂機票，到杭州去照顧他。」

「他生什麼病？」

「連飛機都沒辦法坐，當然是很嚴重的病。」

「但明天就除夕了。」

「沒關係，我們可以自己過，昕豪身體要緊，妳快去。」

「機票恐怕很難訂。」

「妳去想辦法，妳妹妹不是在長榮當地勤？」

海雲想問婆婆，妳確定沒有人可以照顧他嗎？或者，妳確定他真病了嗎？昕豪也許只是胡謅一個不想回來的藉口，這世上只有母親能被兒子騙得團團轉。

鬆開油門，將車子緩緩靠向慢車道，轉進福雅路 J Mall 的停車場。停好車，她拿起手機，傳微信給昕豪。

「病了？」

「嗯。」

「真、假？」

「真。」

「媽要我去照顧你。」

「不用。」

「不嚴重？」

「還好。」

「幫個忙。」

「什麼？」

「告訴媽，我去杭州了。」

「妳要去哪？」

「馬來西亞。」

「就妳？」

「跟一個男人。」

關掉微信，她又撥了兩通電話。妹妹笑她終於開竅了；兒子一聽到媽媽要帶他出國度假，開心得嗓子立馬變成男高音。

她心中湧起久違的自由的輕快，簡直想縱聲大笑。既然捉不住、留不住，何不讓他展翅高飛，奮力浮出幾乎要滅頂的巨浪，翱翔在自己的藍天碧海。抬頭，夜空胖腫雲層逐次散去，星星探頭向她調皮地眨眼睛。

手機屏幕忽而亮起，昕豪傳微信問，是要跟哪個男人出國，她抿嘴一笑。沒理，將車子U形回轉開往大遠百。年終獎金，加上這三十萬，帳戶裡一時湧進太多存款，得花掉一些才好。

23區的櫃姊見了她，態度明顯比前幾個星期熱絡許多，第一時間就走出來招呼她。

買完大衣再去燙頭髮會不會太晚？欸！管他去的！反正今晚她得忙著想辦法訂機票，婆婆會體諒她的。

（本文榮獲二〇一九年教育部文藝創作獎短篇小說優選）

以斯帖

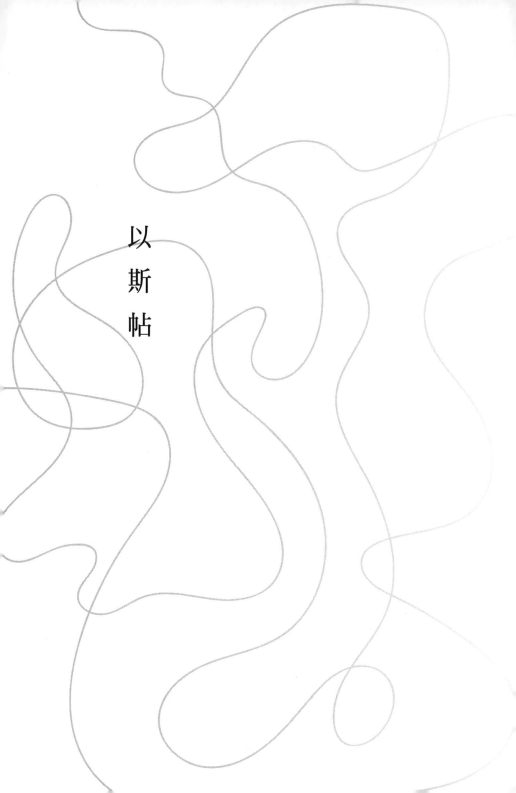

以斯帖打開冰箱，五分鐘，眼神涼涼的，眼珠子慢速轉動審視雪藏雪櫃內容物，眉頭微微蹙起，嫌棄她剛從超市採買回來的一干食材，像嫌棄她家的兩層樓透天厝，四方格子，過於平實無華。

蘇珊不急著出招，立於左前方，穩穩守住主場優勢，耐著性子評量。直到臨睡前，粗略搞定所有家事，以斯帖來到她這個新雇主面前，捏細嗓門，華英語夾雜交代自己。

「你們可以叫我艾斯德爾、阿斯特、以斯帖，無論基督新教翻譯或天主教翻譯的都ＯＫ，都是Ester，都是我。」神色莊嚴如十字軍東征的聖戰士。

前後換了三任華人雇主，共十二年。這是她一慣不知打哪兒說起的高光時刻。爾後，逮到機會，便補充說明，「這名字源自希伯來文，璀璨星辰的意思。講述《聖經》裡一名年輕、容貌俊美的猶太女英雄，因蒙神的恩典，後來成為波斯王后。」

是喔，好吧。蘇珊心想，主流媒體形容的雇主只負責面目猙獰、口氣尖酸，誰會感興趣或好奇一名勞務工名字的由來和意義。她對那個外邦人傳入的《聖經》

沒啥概念，只覺得以斯帖翻成國語就不像是普通人家女孩，菲籍幫傭不都叫瑪麗亞？

「我的親戚、朋友，沒有任何人叫瑪麗亞，我叔叔養的鬥雞叫安潔莉娜，小狗叫泰勒絲。」解釋的時候有意無意眉毛和嘴角單邊揚起。嘲諷並慍怒她褊狹的刻板印象？

可是歪國人也覺得台灣滿街複製人，小孩玩具都半導體和晶片，每個人睡醒、吃飽就打詐騙電話，她也沒生氣，也沒給人家臉色看啊！

「那瑪麗亞是從哪裡來的？」

「從 racism（種族歧視）來的。」

很明顯的，她們的勞資關係並非從相見歡起始，偶爾因認知與文化差異還摩擦出星星火火。原以為短暫相處也不必太過在意，不想多了解，即使心裡藏著疙瘩，隨時陰謀開除對方。直到以斯帖布裡埋針地用上那艱深字眼撞進她的心湖，蘇珊才意識到該對這名陌生女子來個身家體檢。

家住班乃島南部的怡朗市，商業專科畢業，算高學歷了。以斯帖說，全村三十六戶，幾十名中學生，就她唯一考上，兩年制她多念了兩年，因為要邊打工邊賺學費。

「打工？」

「對，趁天亮前去田間摘茉莉花，編成花串給奶奶拿到大街上賣。」

苦讀出身就是了。

這是第一個版本，基於編故事的特殊喜好，爾後，每三、五個月會自動更新，蘇珊也是聽聽就好。

一直要到過了很長時日，彼此任性的稜角差不多被現實打磨光滑，傲嬌的額度也提領得差不多了，她倆決定捐棄成見，關起門來好好過日子以後，以斯帖才肯稍加關注蘇珊漂浪他鄉的孤單寂寞，由天氣切入，端出她的菲國民間故事，將慣常的氣候變化轉述成一部魔幻片。

原來此地之所以省略春夏秋冬，簡單劃分成乾濕兩季，全來自天神艾米罕（Amihan）與哈巴戛特（Habagat）的撥弄及應許。

人間四月天，掌管天文服務管理局（此刻，台灣的天公伯鞭長莫及南洋）的哈巴戛特，令西南季風驟起，這位西班牙裔前傳裡的風之神，帶領全國七千多個島嶼浩浩蕩蕩進入酷暑，以滂沱大雨阻止了忙碌的海灘派對，隨處旅遊的人潮，滋潤完每寸土地，一路朝九月狂奔。

菲國的秋天一點也不蕭瑟。接棒演出的艾米罕，乃菲國神話裡的鳥人，同樣出現在西班牙統治的三百多年前，據說他法力無邊，能召喚東北風，驅逐熱浪，彩繪澄澈的藍天，令日子舒適宜人，歡騰節慶逐一排開，博中秋（學閩南人吃月餅、博西巴豆仔）、面具節（《國家地理雜誌》列為十月份在世界上必須做的十二件事之一）、萬聖節、聖誕節、黎剎節、新年、除夕，熱鬧所有街頭。

實際感受才沒這麼涇渭分明。蘇珊覺得南洋總是三伏天，分明隆冬，合該春寒料峭，卻是橙紅色的天空三十七度C，熱浪一波未平一波又起，早飯的鍋碗瓢盆猶堆在流理台等著洗澎澎，渾身已火燒火燎，出大汗，不想勞動，想打盹。

儘管以斯帖有諸多缺失待改進，依然起到了中繼救援投手的功能。朋友習慣叫她們賓妹，或者菲菲。因工資低廉，許多台商雇請的家庭幫傭甚至以倍數多過家族成員，保母、廚子、清潔婦、園丁……分工極細，幾乎能用上「僮僕如雲」這句豪富專屬成語。但蘇珊沒有，蘇珊只有以斯帖，一人包辦洗衣燒飯、灑掃庭除，和所有零碎瑣事。

初初上任的以斯帖，懷抱短期打工的心態，寡言少語，不謙遜，踐姐一枚，不夠利爽的手腳，離勤勉尚差一條巴士海峽的寬度，不必打著燈籠隨便找都有的那種。

而蘇珊則是慳吝的女主人，深具霸道頭家娘性格。兩人稍稍撞擊便自燃而燃，幫襯有時，扞格有時，溫言與粗口齊飛，移工與新住民共一色。每每回想起來，蘇珊心裡就一股惱，一股得意。

*

年前，聖誕節才過完，蘇珊即包袱款款，舉家遷徙至馬尼拉南方的阿拉邦（Alabang），這個華人群聚的阿亞拉（Ayala）社區。丈夫在汽車銷售公司負責業務，像個空中飛人頻繁出差，兩女兒六歲與十一歲，適逢就學年齡，附近公立學校學費便宜，半數課程以塔加洛語（Tagalog）教學，不得已，放棄。私立中小學須具備一定的英文基礎，入學考試後遲遲沒有下文，家管兼家教累得她快神經衰弱。偏偏鄰近赤道邊的南國像個大蒸籠，尖峰時刻，變壓器就以爆炸的方式抗議負荷超載，造成大停電，加入亂局，增加生活的難度。

今日的愁煩複製昨日的愁煩，連襯衫送洗、剪燙髮、繳水電費此等微末小事，都以各種形式縛手縛腳，急需一名幫傭。台商朋友熱心提議，出借女工，言明待一切上了軌道，便把人還回去。

蘇珊猶記得那個朝日初升的黎明，院子裡Sampaguita（茉莉）迎風搖曳的雪白小花旁，以斯帖穿了件小鴨仔般嫩黃色的尼龍短衫，七分寬鬆綠底條紋棉褲，右肩斜背鐵灰硬質帆布袋，左手圈一只稻禾青塑膠桶，裡邊放著黑色折疊傘、一袋面紙和一塊木瓜香皂。

可真嬌小，比她讀小學五年級的大女兒矮上一截，年紀約莫三十上下，五官輪廓鮮明，特別兩瞳墨褐深邃呼應黝黑的膚質，貌似《靈魂擺渡人》裡那個有著陰陽眼的夏冬青。長髮烏亮，整齊梳攏於腦後，盤成髻，不笑的時候神色透著一股冷。

小女兒首先釋出善意，主動牽起以斯帖左手，領她去到房間，等在門口像等候一名玩伴，笑吟吟，閃出興奮的星芒。

小房間裡衛浴、衣櫃、單人床，全部以正常比例折半再折半，窄促如鴿籠，完全就女傭只准瘦小薄的概念，開門時能一眼望盡，令裡面的人有股裸裎遭窺視的羞恥感。一片加了鐵窗的通風口，昏黃燈泡自天花板寂然垂落，以斯帖的身子困縮在陰影裡。

蘇珊備了衛生用品、衣架、枕頭和薄被，心裡有些過意不去，以斯帖倒是面容淡定，瞧不出任何情緒。伸手扭開吊在牆上的風扇，流通沉悶氣息，仰首喝光大女兒遞給她的白開水，呵！這才尷尬地與她們八目對視，像在問，看夠了嗎？可以滾了嗎？妳們。

就她？這位陌生的細粒仔阿嗲（ate，塔加洛語，姊姊的意思），以後要跟我們住一起，天天？大女兒憋著許多疑問沒出口，推說英文還沒念完，揮揮手兀自上樓。小女兒一包 M&M 塞進以斯帖掌心作為見面禮，也回房去了，剩下她倆，一室的沉默。

意識到自己是個礙眼的存在，蘇珊想找個話題破冰，以斯帖卻不鹹不淡不說話，堅持冷空氣。衣衫後領摺入一條毛巾，吸汗水用，側身閃過蘇珊，拿起廚房流理台懸掛的抹布，著手擦洗。

「吃過早餐了？」

「Yeh.」

「還有別的需要嗎？」

「No.」

所有應答都常溫以下，所有動作似乎得思考再三，極度慢，宛如電影操縱影像的時間流逝，徐緩進程。半袋垃圾拎至院子丟棄，半天光景已匆匆流逝。真急死人。

一手握竹帚，一手背腰後，拱著身子掃落葉，姿態倒是優雅。警衛剛巧路過，友善招呼，以斯帖點頭不回應；鄰居幫傭倚著女兒牆親切話家常，此女眼神失焦，恍若未聞。

站一旁觀察的蘇珊，存心捉弄。

「沒掃乾淨。」

以斯帖頭也不抬，再掃一次。

「還是沒掃乾淨。」

以斯帖暗暗喘口氣，又掃。

如此再而三，終於不耐煩。「我清理過每個台階，潔淨全部的鵝卵石，花草樹木都澆了水，屋前屋後一片枯枝雜葉都沒有，這樣總可以了吧？」用棕櫚掃把拂過地面的粗嘎嗓音解釋，解釋時臉龐執意偏四十五度角。

後來她才發現，以斯帖無論何時，跟誰說話，目光都望向別處，似乎藉此拉開距離，放飛心思。

蘇珊冷笑在心，咬咬牙，走往羊蹄甲下，學日本茶道宗師千利休搖動樹幹，落下深淺金黃、桃紅，色澤豐富的花瓣與羊蹄般的葉子，暮色如橘的庭院裡，盈滿另種和諧寧謐。

以斯帖直接看傻眼，豎直身子，兩肩高高提起，復忍抑地壓回原處，聲色不動。

夜裡飯點備齊，上桌，收拾妥當，便悄然潛入臥房，像一隻懼光的鼴鼠。蘇珊盯著那單薄的背影，張口無聲。

少數台商為了顯示虛矯的寬厚，會刻意讓女傭同桌吃飯，以為這樣就像一家人。不，無論相處時日多長，她永遠是「親密的」外人。

以斯帖甚且表示，她寧可每月多領一千五百披索的膳食費，安心自在待廚房，單獨用餐。

「這樣妳一天只有五十披索，一餐僅僅十多披索，即便買條吐司、兩三包泡麵都不夠。」蘇珊質疑她的數算能力。

以斯帖以一抹深層固化毫無美感的低笑，回覆她的見少識窄。

撙節開銷是她們窮鄉女孩從小不必大人教導自動養成的本事。吐司和泡麵？算零食好嗎？誰都嘛知道「Rice is a staple in the Filipino food」米飯是菲律賓的主食，更是國之棟梁，宗教與真理。入鄉要問俗好嗎？

以斯帖轉身洗滌杯盤，任性的嘴角喃喃叨念，說一包米多少錢，能吃幾餐，算好好，再煮一鍋醬醋肉（菲律賓平民美食adobo）可以吃多久，懂得過日子的話，不但夠，尚且能攢聚部分節餘寄回家用。

「而且，你們的滷肉還加糖，很奇怪；綠豆是蔬菜，怎能拿來當點心。」

蘇珊不再堅持，兩張面額一千、五百的鈔票擱流理台時，無意間瞥到以斯帖驀然舒展的五官，那綻放如星辰的陰柔之美雖一閃即逝，仍令人驚豔。

很快的，她就見識到以斯帖的省錢妙方。徹底承繼熱愛米食、無肉不歡的民族性，除了醬肉，更多時候煎三、四條油亮小魚乾，或炸個蛋汁茄子加花生米，就能配上一大盤壓實尖頂白飯，技巧純熟的右手三指作為餐具，陶醉的表情像擱進嘴裡的每一口都人間美味。

「要是妳不乖乖吃飯，臉會越長越歪，手跟著變形。」為了鼓勵兩女兒加入愛飯族，以斯帖經常搬出她的「菲老傳說」出來威嚇。「然後一輩子沒人追，沒人愛，賺不了錢，賺了錢也無法消受。」類似台灣阿嬤警告小朋友，米粒不吃乾淨，會嫁貓（麻子）尪的概念。

「當一名幫傭，妳覺得最辛苦是什麼？」

以斯帖不假思索，「當我的雇主試著想要了解我的時候。」像是罹患先天性免疫不全聊天障礙症候群，她們連日常對話都很難交心，多半交戰。

以斯帖跟誰都不掏心，不彰顯被綑綁的心靈，每次吞吐呼吸均圍困在四面牆裡，自知人類社會的微塵，拉開與眾人的距離是她保護自己的方式。

她無暇理會蘇珊寄居異國的各種艱難，正如蘇珊無法顧及她底層掙扎的委屈。人生逆旅，沒有早一點，沒有晚一些，剛好這時候遇上了，她倆不珍惜緣分深，倒是常怨嘆「只能」湊合著過，腹中鬱悶之火越燒越烈，能發洩的只有對方，能體會和訴苦的也是。

趁開學前，蘇珊讓兩女兒參加學校開設的英文先修班，姊姊回家作業「我的志願」。是不是天底下的老師都一樣，沒啥創意？放學返家，兩女孩窩進廚房纏著以斯帖。

「妳說說看，為什麼妳的志願是當一名廚師？妳可以當科學家、老師、明星，或者國會議員，都比當廚師有意思。」

煩不勝煩，以斯帖停下忙碌身形，嘆氣，聳肩，抹布猶揑在掌心，認真盯著女兒雙眼，「其實我最想當總統，但我得先賺個兩億。」

簡單幾句話，將女兒何不食肉糜的喜憨思維，直接震得支離破碎。

為了把多數時間留給柴米油鹽，一干打掃搓洗原就不上心，之後更加能草率帶過就草率帶過。可惜她料理的傳統菲國菜色諸如 Tocino（香料醃製的五花肉，放入熱油中煎至金黃）、Sinigang（加上羅望子、香蕉、芭樂、青芒果、番茄、蒜苗、洋蔥和其他各種想得到與想不到的蔬果煮成的酸湯）、Kare-kare（牛尾、蔬菜加花生醬熬成的濃稠什錦煲），全都久燜油炸口味重，叨念幾句，她會每餐站到桌前指著菜肴，一道一道問，可以嗎？太淡？太鹹？問得你英語辭彙不夠用，胃口盡失。

這日黃昏，蘇珊坐梳妝台前塗乳液，鏡子裡她假笑強裝和藹的臉孔，想到以斯帖就垮下來了，怒從心上起，「惡奴」一詞衝口出。冷氣機加大聲量卻不降溫，存心讓人心浮氣躁。先生早上出門前交代，今晚有個飯局，須攜伴參加。打開抽屜，珠寶盒裡那副蒂芬妮珍珠耳環呢？無需費心翻找，嫌犯已經現形。非常直接的聯想。全家就一個外人，還能是誰？

擅長裝聾作啞的以斯帖，問也問不出個所以然，除非人贓俱獲。蘇珊早就料準準。

熬到開學前，大小情事逐漸上了軌道，她迫不及待致電朋友。

朋友竟以胖艾咪卡痰的嗓音回覆：

「留下吧！養女兒不如養女傭，耐磨耐操，廉價乖巧不頂嘴。」

「不了，我習慣凡事自己動手。呵呵！」

「既然用不上，就打發她走吧，我家裡人手夠多了。」

就這樣？

被迫接下一顆熱呼呼的山芋，蘇珊霎時嘴巴塗上三秒膠，怎麼開口？

彼此相處幾個月，日子淹沒在無盡的忙亂遷就中，雇傭關係貧瘠到無論如何看向光明面，也是灰黑、乏善。先生表示，瞧她怪可憐的，月薪只幾千披索家裡就能多個幫手。可是她不夠勤快、性子頑強剛烈，極可能手腳不乾淨。當然，也不是全沒有優點，例如她跟孩子親，偶爾能提供課業上的協助，呃……安安靜靜，不具備三姑六婆的肺活量，多半時候守著豔陽守著家。

「但，我們對她一無所知，明天叫她拿身分證去影印一份留存。」

「他們國家沒有身分證。」

「蛤！你是說全部的菲律賓人都沒有國家身分識別系統？所以她的名字就算捏造，我們也無從得知？」

「他們有社會福利保險卡號碼（SSS UMID Card）和選民身分證。」

「每個人都有？」

「也不是，要有一定條件，家庭幫傭應該是沒有。」

「那萬一她偷了什麼或幹了不法勾當，我們怎麼去報案？警察怎麼去逮人？」

腦海立時現出貓一樣潛行游移的身影，神祕莫測，根本就孔夫子的學問，瞻之在前，忽焉在後。每每於轉角處閃著兩隻晶亮眼珠子張望，不置一詞掉頭離去，猶如背後靈。蘇珊胸臆脹大一圈，再也睡不回去。

挑一個尋常的傍晚，電鍋正冒出騰騰飯香，以斯帖坐圓凳，蹺腳，專注剔除虱目魚刺，見蘇珊走來，略略抬眼，稍頓，臉上一慣沒啥表情，低頭繼續手邊工作。夕照餘暉自窗口漫灑，她背脊一半隱入暗影裡，更顯羸弱，像青春期轉大人一個錯手，終致在少女階段止步了發育。

提上一口氣，斟酌再三，蘇珊試探性地問：「以斯帖，妳喜歡我們家嗎？」

「不喜歡，」回答得乾脆俐落，口氣好傷人。

蘇珊有些村姑的難以為繼，尖牙利嘴跟著鈍化，杵在那兒像一截木樁，琢磨接下來怎麼跟她把話說清楚才好。

「是時候我可以走了？」以斯帖霎時領悟，焦急問：「現在？我的 mum 派司機來接我嗎？我去收拾東西。」

「妳的 mum 希望妳留下來。」

以斯帖愕然，發出長音的 Huh，不是不明白，是質疑，具翻白眼效果。

「我已經告訴妳了，我不喜歡這裡，妳給的房間很窄，又沒有電視，我以前只負責煮菜，現在什麼都要做，我要回去。」

還真難得，一口氣說一長串話。

「問題是妳的 mum 不要妳回去。」

「是妳要我留下來的關係？」以斯帖直接不演了，怒氣橫生，板起臭臭的面孔，腰桿打直，挺胸，哇，原來她是有胸的。「妳可以另外找一名女傭，何必非要我不可？」顧不得那魚刺尚未剔淨，隨手塞回塑膠袋，擱進冰箱，旋身拐進房間，關上房門，中間無絲毫遲滯停頓，一氣呵成。

蘇珊被她不知好歹的搶白，火氣也跟著冒騰，衝著木門吼，「OK! Don't come back, if you leave.」

以斯帖閃電收拾好一大袋一小桶衣物，出到玄關。

蘇珊將薪資裝入信封遞給她。

「不用，我老闆會給我。」倒也不貪心。

「拿著吧，如果妳老闆願意給妳，這就當作妳的 Bonus。」把信封放進塑膠盆內，心裡實在氣不過，再次撂話：「記得，走了就別回來。」

以斯帖抿嘴含怒，謝謝一詞只在嘴邊盤桓片刻，馬上交給兩片風乾的唇噉進喉嚨。抓起信封，頭也不回地歪向屋外，身子後方綴滿芒果樹梢篩下的光斑，奔向勝利終點那般沒有懸念。

這一刻，蘇珊竟心生佩服。對以斯帖而言，她算是異族入侵，是討厭的臭老闆，敢於挺身捍衛自身權益，需要相當的勇氣。

「阿嗲咧？」

「說了，她走了，不回來了。」

「為什麼妳不要她了？」

「是她不要我們。」

「為什麼？」

小女兒腦袋裡像是被埋設了自動歸零裝置，每隔幾天就跟她索討以斯帖。

倘若能夠預知後事，她也許該帶以斯帖上上館子，菲國平民鍾愛的快樂蜂（Jollibee）、超群（Chow King）和燒烤店 Mang Inasal，兩人坐下來，邊啃炸雞邊聊天，或多或少了解彼此，釋出一些善意，也許就不會在爾後追憶起來倍感自責。

*

八月初，季節快將更迭，天界值勤仙人即將換班，熱帶氣旋沉悶得讓人喘不過氣，早晚沖洗冷水澡，吃 Halo Halo（類似台灣的剉冰）都難以消暑。西北雨來勢洶洶，往往午後豔陽猶吐著毒辣火舌，不消片刻，烏雲便大軍壓境，相互叫陣同時肆虐，接著成串雨滴如水晶簾幕傾瀉，庭院裡激起盈尺亮晃耀眼的水花，彷彿甫爭出樊籠的頑皮精靈，爭相跳著熱鬧非凡的南島舞步。

婆婆又越洋電話催生，跟她索討金孫。蘇珊無力招架，倚窗嘆息，忽覺眼前一黑——不，是有個黑影由遠而近朝堂屋迤邐而來。

以斯帖瘦弱兮兮頂著凜冽風雨，一袋衣物一只塑料桶，如昔，長髮垂辮，棉布衫褲，鼠灰，墨褐，夾腳拖鞋浸泡在泥漿裡，手上撐一把黑傘，用力抓握才能不讓吹落，半截身子濕答答。

早秋最先的涼日，藏在她深深凹陷宛如幽谷如汪洋的眼裡。滂沱雨幕，襯映著一人份的寂寥與落魄。

趕緊搶在她跨進玄關前將自己武裝起來。蘇珊下巴抬高，斜側半邊身，雙臂交叉胸前，睨視，臉上不慍不火不好惹，不招呼也不提問，就這樣與她隔著紗門對峙。

「午安！太太，」不需要特別努力已經隱忍，以斯帖嗓音顫抖，「我可以回來工作嗎？」

「不行！」送上一碗閉門羹，拒絕跟她糾纏不清，甩上大門，甩上的時候彷彿還有水波紋干擾，更多噪點，一概無視，上樓。

雨勢愈發瓢潑，成溝成渠四處奔流，從二樓窗台可望見院子裡九重葛、紫藤、鳳凰木、曼陀羅、緬梔子等花花草草歷經殘酷劫掠全奄奄地嬌喘。重度潮濕，悶熱加乘困頓，兩個找麻煩的女人讓蘇珊腦門發脹。躺床上假寐，始終沒能入睡，輾轉，床單滑落地面也懶得拾起，歪著身子，肝火鬱化成無數個問號。婆婆的疑難雜症，無解，暫且擱下。以斯帖呢？相互如萍遇水，一是南漂插枝，一是北漂求活，她怎能不明白生命中途竟爾「失路」，被迫回頭求接納的萬分苦澀。

夜幕快將垂落，風雨揮揮衣袖，酒紅色的晚霞奮勇竄出層層霧靄，渲染半個天際。倦鳥歸巢了，蟬鳴趁隙坐大，如萬籟間最著急的呼喚。以斯帖單薄的身子依然於晚風中蕭索。女兒們補習返家，見了興奮不已，拉著她的手要她進屋裡。她謹守分寸，知道除非蘇珊應允，否則就只能耐心等待。

雞腸小肚的蘇珊故意漠視她，忙碌招呼家人甜蜜晚餐，有說有笑，笑聲還要格外張揚，蓄意凌遲般，清楚劃分「我們」與「他者」。

足足三小時，存心跟她比頑強。

原沒打算鐵石心腸的，其實沒也沒那兩樣東西。鬆軟的意志力，很快就坍塌了。

突然迷茫的前途又獲新生，以斯帖將姿態壓得很低很低，低到忙亂幹活，累得喘促，似乎還能隱形。

天剛破曉，廚房已傳來陣陣油煎火腿、培根香，蘇珊蜷臥冷氣房裡，縱容自己十數年難得一次賴床，順便仔細想想該拿那名執意留下，根本不知好歹又桀驁的馬來種族女子如何是好。手機的鬧鐘響起，忙伸手按掉，讓先生能多睡一會兒，手肘壓到突起的不知什麼東西，翻開床頭櫃雜亂堆放的紙張，居然瞄到先前遺失的珍珠耳環！

人生有時還真的就像肥皂劇演的那般俗爛，劇情老套。

「妳可以另外找一個雇主，幹麼非賴在我家不可？」待先生、小孩上班上學後，蘇珊猛然現身廚房，翻舊帳，同時翻出小人得志的嘴臉。

以斯帖星眸黯然一閃，對於蘇珊其後補上的苛刻、挑剔，照單全收，忍抑的底線一再下修。

網路上充斥「雇主一定要知道的事」，幫傭擅長演出可憐、被剝削、窮困的戲碼，若不謹慎，很容易遭到狡猾、虛偽的本來面貌修理。

階級是個邪惡的壞東西，當蘇珊意識到自己有了掌控權的時候，地位無形拔高，可鄙的情緒於焉產生。

以前在百貨公司，看到穿戴時尚貴氣的媽媽，後面跟著提大包小包追著孩子小跑步的女傭，覺得那是人類世界最可恨的不人道。此刻居然接收到那份優越感的渲染力。

書局買來的兩份雇傭合約攤桌上，以斯帖看也沒看，直接簽了。按菲國勞工部規定，一個月休四天假。朋友預警，女傭休假容易惹事，尤其容易「被帶壞」，但全年無休未免太超過。

午飯前，以斯帖站板凳上晾衣服，兩條曬衣鍊，蘇珊一家人的掛上層，她的披下層，一一上夾子固定，避免風吹掉落，又得重洗。

警衛見了竟用讚賞的語氣對蘇珊說：「太好了，妳終於又有了一個 maid。」好像那是家庭基本配備。

怎麼妳又回來？鄰居家的幫傭用菲語問候。以斯帖一如既往沉默埋首勞務，不加解釋，不掏出傷痕展示，清楚她的世界不同於別人的世界，這是廚房，這是掃帚，這是抹布，這是清潔劑，長相左右。幸運的話，妳能夠有一扇窗，夜空懸掛一枚小小的月亮，照亮妳的臉。這是笑，這是淚，這是妳荒蕪的瞳，以及妳懸在胸前的瑪麗亞神像。

原來瑪麗亞在這裡，世人無知褻瀆，妳只能逃進浴室，用清水洗滌憔悴的羞辱。然後妳要面帶和善。

「晚上吃什麼？」蘇珊問話多數時候不期望她回答，只想刁難她一下。

「冰箱裡有絞肉，如果能再有蝦仁和餛飩皮就可以包燒賣。」

燒賣這字眼像橫空遞出一碟珍饈，直接撞上蘇珊的腦神經，以為她隨便講講，趁孩子放學前，帶她，不是，是跟著她走一趟本地人專用傳統市場。

市場隱身於阿拉邦市區與山丘交界處，與普天下的傳統菜市沒兩樣，擁擠、髒亂、污水流淌，各種窒息氣味紛陳，人聲嘈雜，價格低廉到任何台灣客都不敢置信。

以斯帖如川劇變臉，抹出一雙識途老馬的眼，熟門熟路，菜販、魚販、肉販熱情招呼，都她老朋友，用蘇珊從來沒聽過的高吭聲調跟人家搏感情。

簡單吩咐：「Butterfly！」大廚風範，還自帶雄偉的背景音樂。

只見小販將兩條虱目魚先刮除魚鱗，沖水，手起刀落如庖丁解牛，快速剖開魚身，剔除大刺、小刺。

原來還有這項服務？只要喊一聲「蝴蝶」？這可省下多少麻煩事兒。待返家時，所有生鮮肉類分袋分層置放，都加了冰塊保低溫，迫使蘇珊深深為自己的坐井觀天卑微起來。

上回「出借」時，以斯帖應該是有偷崁步，明明熟知許多中式料理，故意藏在袖底，以為少說少做，反正做好沒賞打破要賠，幹麼跟體力過不去。心機女！

那以後，她常悄悄倚著廚房與飯廳相隔的門板，瞅著以斯帖，愉快炊食。是愉快吧？瞧她邊剝蝦殼、剔腸泥，邊哼曲子，如果沒發現頭家娘，這樣的愉快可以持續整個下午。蘇珊頗得意，自詡《桃姐》裡的劉德華，慈愛雇主，絕對有資格拿好人卡。

女兒對其後端出的春捲、粽子、水餃……垂涎敲碗。到後來，甚至允許事先order。受到吹捧的程度完勝頭家娘，以斯帖竟然只以一抹淡笑帶過。

一一收服全家人的腸胃後，她再接再厲，用極端寵溺孩子的方式讓自己在這個家不可或缺。即使男主人加班至深夜，依然有熱騰騰的飯菜得以享用，任何東西不見了、找不到了，更是記憶大考驗的必然贏家。讓蘇珊自發性地弱化成一隻養尊處優的胖貓，專管曬太陽和打瞌睡。

萬聖節前的週五，學校照例望彌撒，輪到大女兒帶領同學禱告。以斯帖從勞務工遞進為廚娘，現在則晉升至家庭教師。她房裡有本棗紅色封面菲英雙譯的《聖經》，是她教導孩子塔加洛語時的教科書。

「當妳全心全意禱告，妳所祈求的心願就得以實現。」每次都趁機傳教。面對上帝時，以斯帖順服、放柔的眼睛特別澄澈。

「我全心全意了呀！」

「一定還有不足的地方。」

「妳又不是我，怎知道我不夠敬虔？」邁向叛逆期的大女兒，逮到機會就抬槓。

「因為上帝是信實的。」

「好吧，說說看，妳全部的祈禱，應驗了多少？」

*

身心獲得安頓後，以斯帖早年遺失的青春竟爾迷途知返，於低調中悶燒著豔熾野火。體態逐漸豐腴，顧盼嫵媚。有時她會跟司機或社區裡的警衛眉來眼去，有時園丁會送她兩顆青芒果或一袋 calamansi（小金桔）和糯米糕，更多時候她會躲在房裡偷偷用手機跟不知什麼人說私房話。

一日，燠熱午後，廚房各角落長久蟄伏的小魚乾油腥、羅望子酸澀和蝦醬的發酵鮮嗆味熱烈交混張揚，凌虐口鼻。蘇珊難以忍受，快步衝下樓，刻意發出沉重踩踏聲，形成脅迫的權威感，希望她聞聲自動收斂。

白木門半啟，房裡的以斯帖置若罔聞，側坐床緣，五官全數埋進胸前，凝神，為她的手機加載。豆大的汗珠紛紛從光潔前額、鬢角滑落，部分集合至人中，競相滴往大腿，薄透聚酯纖維七分褲洇出深深的印子。

悄悄經營這門生意幾個月了，她以為神鬼未覺，越做越起勁。每星期例假日，她會搭乘吉普尼出社區，到阿拉邦星城購物中心（Starmall）買預付卡，再經由

viber（菲國通用的跨平台網路電話及即時通訊軟件，功能類似line）群組發出訊息，給她那些無法休假卻又渴望上網的好友們推銷生意：

Friends and family call or chat , you can buy P50 load or 100MB 2nite!

千萬不要小看這五十披索、100MB，使用期限僅三天到一星期的功力。一開始蘇珊也覺得折合台幣才三十元的網路使用量，能幹麼呢？以斯帖說，它能解鄉愁、情愁、傳達訊息，重中之重是網購和直播。

「妳不覺得到實體商店採買，才有身臨其境的快感？」

「No, no！那是網速太低，配送時間太長時才不得不的選擇。」她以經濟學者的口吻否決蘇珊褊狹的觀念。「網購是最美好的休閒活動。從網上搜尋物件起始，就一個享受。接著下單，送出，等候快遞一步步接近，每時每刻累積的期待滿足感不斷加乘（嘴角配合牽起，燦笑）。」

作為剁手黨一員的蘇珊，被撩得心花怒放，感受到「十步殺一人，千里不留行」

的酣暢淋漓。

「那妳最喜歡網購什麼？」

「手機和手機配件。」

「妳不是已經有一支手機？」

蘇珊一直以為她很窮，但她憑什麼認為女傭就一定是窮的？

以斯帖慎重放下手裡的三星 Galaxy，神祕兮兮的從口袋掏出鑲滿金鑽圖形外殼的 iPhone，噹噹噹，噹！差點閃瞎蘇珊的眼。

「one for work, one for show.」以斯帖得意非凡的說。

「妳事業有做這麼大嗎？」

「平時我用 Galaxy 收發電子郵件、上網與發短訊，但需要上線，或開團時就用蘋果。因為他們有個超級好用的 iPhone 應用程式。」

「妳還開團？」

肯定是工作量太少的關係。一名勞務工儼然斜槓女力，開發這麼多元的攢錢門路，顯示她在家務上嚴重的誤判。轉頭往流理台張望，鍋盤瓢盆清洗乾淨，待在它們該待的碗籃裡，魚、蝦和里肌肉擱鐵盆等退冰，白花椰、青江菜泡自來水稀釋農藥，櫥櫃和地板不見油垢、塵屑，能挑剔的地方似乎不多。她是怎麼辦到的？

週末，點心時間剛結束，又停電了。兩女兒嫌頭髮過長但還沒長到可以紮成馬尾，熱死了。

「好吧！下午幫妳們剪個騷包的赫本頭。」

「可以不要嗎？」女兒求饒的口氣充滿無奈。

「嫌棄我的技術？」在以斯帖面前被女兒的言語所窘，蘇珊甚惱怒。「社區沒有理髮店，要開車出去，又不知在哪裡。萬一踩雷——」

「問阿嗲呀！」

隔日，難得和煦的午後，冬陽猶掛在樹梢磨蹭，以斯帖從屋裡搬了一張水藍小塑膠椅給女兒，一張高凳子給自己，兩人前後距離半尺左右。

「坐好，頭抬高，擺正，不要亂動。」長長粉色毛巾墊底，上頭再鋪一張全開報紙於女兒頸肩，叮嚀，胸前要拉緊，毛屑才不會沾衣服，掉進領子會奇癢難受。

她一手持單片塑膠梳，一手握剪刀，仔細審視頭型、髮流，睫毛尖端似乎有夕日灑下的金光，讓她得以窺見瀏海與末梢差參，顯然不是出自專業理髮師，是媽媽的劣質作品。知趣地默不作聲，一撮一撮黃毛落地，混在枯葉中，無聲息，隨風低低飛散。

修剪完畢，女兒輪流趴庭院水龍頭底下清洗時，兩手搭牆面，雙膝跪地板，像在替媽媽懺悔，有眼無珠，不知高手在人間，不知以斯帖可是《聖經》裡響叮噹的人物。

考慮很久，起碼一個晚上，薪水袋裡多塞一千披索，封面特別註明 Bonus，不是加薪喔！不是每個月都有喔！要有特殊好表現才能獲得。那是一看就知道的心機，讓以斯帖直想笑。

「妳那麼厲害，為何妳以前的 mum 不想要妳？」

「因為我以前的 sir 太想要我。」

說話時，以斯帖將目光拋得很遠，口氣乾乾的，延宕的表情，沒什麼相干，宛如說的是別人的遭遇。話到舌尖突然中斷，沒有要接續說明的意思，像早先那條被她丟回冰箱的虱目魚，等著有空時，再慢慢剔掉魚刺。

最多三八的那支

特別反常燠熱的午後，老狗窩在梧桐樹下打盹，我爸還在跟春嬌姨眉來眼去。

收音機放送今年第一粒颱風消息。強烈颱風「安迪」預計明天入夜在台東太麻里登陸，十四級強風由東北東長驅直入，宜蘭、花蓮首當其衝，料將風狂雨驟。遠在三百公里外的台北市，受到地形地物影響已經風雨肆虐，氣象局警告要早早做好防颱準備。

這時節，田裡稻穀將熟未熟，稻穗若伏倒泡水，不出幾日就發芽發臭，半年耕作全部化烏有，到時我爸三天兩頭喝高起酒瘋，最衰的就我媽了。

「這水餃沒熟。」

我阿爸頭一遭帶我上小吃攤，是來光顧他的老相好，要我叫她春嬌姨。春嬌姨在叭哩沙義德街舊市場附近開了一家小吃店。店面不大，空庭擺了幾張摺疊四方桌，幾張塑膠凳，上頭水藍帆布拉開，麻繩綁相思樹幹，一角用空心磚幫忙固定，勉強遮日遮雨。

作為小三，春嬌姨既不青春，也不嬌媚。至少我是這麼覺得。我媽說她是一白遮三醜，確實，怎麼有人能白成那樣，宛似橢圓蒴果爆開的木棉浸入紅色顏料渲染的清水中，緩緩暈開，剔透臉頰細細血管隱現，胸部和手臂是礁溪溫泉水滑般的凝脂。通常目光來到這裡就停住了。誰還在乎她額突顴骨凹陷，身材比例不勻稱。

除了低頭扒飯，我爸的目光離不開春嬌姨周身三公分。

兩碗滷肉飯、水餃加虱目魚湯，我們父女難得豐盛的一餐。錢要花在刀口上，他總說。

禮拜天，透早出發，清水湖橘子園除完草、灑完農藥，趕往牛鬥搭小火車返回叭哩沙，兩點半，早過了中晝飯，料想我媽不情願再起灶炊食。

「這個水餃沒煮熟。」我再次提醒。

「有得吃就趕緊吃！」

嘴巴塞進兩片魚肚隨便咬咬，連湯吞下，我端著棕色板芯美耐皿盤站起來，走到春嬌姨身旁，擺了貢丸、蔥花和小台黑色收音機，冒煙滾燙的攤子前，將剩餘的十九顆水餃傾進沸水裡。

「麻煩再煮五分鐘，沒熟。」

春嬌姨停下忙碌的雙手，轉頭望住我，小小淺褐色眼球孵出愕然，以及我乖張的眉目。

「妳阿爸也沒說。」

「他臭耳聾。」

「妳給我卡差不多一點！」面子掛不住，我爸氣噗噗衝過來。

「沒熟再煮就好了。」春嬌姨只用一抹微笑輕易化解他看似準備燎原的肝火，目光瞬間柔和，滑向人家薄衫領口開敞的胸線。

好肉，好淫蕩。

懨嫌不想看，我將桌上剛剛吐出來半生熟水餃掃落地面，老狗搖著尾巴走過來，一口吞吃，然後坐腳邊等。

「閃啦！」我遷怒，一腳踢過去。

「狗都比妳惜物。」

「我若是狗，你是啥？」

「好了沒！妳好了沒！」我爸過大的聲量，春嬌姨嚇到，拎著油膩的抹布趕緊靠過來，收拾空盤，使眼色，要他不要跟小孩計較。

沒事的，其實。長久以來我們父女已習慣透過污濁的塵埃審度彼此，相互倚賴又無處不扞格，維持一種輕安、散亂並置的愛恨關係。

若瑟教堂的阿兜仔神父說禮拜天是上帝賜給世人的安息日，誰家的小孩都不該辛苦勞動，像我，跟著上山下田，大粒汗小粒汗齊流。對，我是狗，累得像條狗。

「妳是吃飽沒？」

明明就他在那邊亂虧人家，今日穿那麼水，是要去約會逆？三星座在上演《梁山伯與祝英台》，怕妳沒時間，鬥陣來去看。

是以為我也耳聾嗎？

春嬌姨的職業笑容像一朵綻開嫣紅的扶桑花，暈得男客太陽還沒下山就開喝。我媽說，做吃的，五元、十元賺嘸本，賣酒利純才會高。

桌上的魚刺全數丟到樹底下，老狗啃魚刺，客人用目光啃她豐腴的肉體。在我眼裡，她不像《水滸傳》裡的孫二娘或顧大嫂那類壞心烏漉肚。我留意到她凝重的嘴角藏著累，跟我一樣。

「要加湯嗎？」問的是我爸不是我。

我把空碗遞給她，瞄到我爸付帳時百元鈔裡夾了一張五百。

「回家不要亂講話。」

「講你帶我吃一頓五百六，卻沒錢給我買布鞋？」

從不打小孩只打老婆的我爸，一記五筋腏落在我後腦杓。

我的恨就是這樣來的，我的恨。

夜裡，起床放尿。天色夭壽黑，風一陣一陣颳起，屋側的麻竹左右大幅度搖擺咿喔咿喔叫，像成群的野鬼亂舞。颱風真實要來了。便所搭在稻埕外，臨駁坎下的小河，懸空，褲子才脫，屁股一陣涼。盈凸月被擠進胖腫雲層裡，掙扎半天才露出一瞇瞇光，空氣中依悉飄盪著五日節炊碗糕的味道。

沒有牛的牛椆間傳來細碎聲響。好奇走近，發現我阿爸蹲在希若奇（檜木）四方桌旁講電話，表情看不見，半粒頭殼埋桌緣下方，半粒被牆上的燈光削去，膝蓋頂著肚皮，形成一種畸形卑微的央求姿勢，與白日裡喳呼顯霸氣的他十分違和。

刻意壓低嗓門不時嗯嗯嗯，音色是他，口氣不是。

我怕突然出聲打斷他，吵擾到電話那頭的人，貓著身，緩緩蹲過去，與他礙礙相對眼。

「妳幹什麼？」怒斥不必出聲，眼神就夠嚇人。但我沒退縮，料想他講個電話都偷偷摸摸，見光死，至少得避著我媽，現時現刻不會把我怎樣。再蹲近一點，傾耳，強迫他分享祕密。

其實不只我阿爸，我們庄仔內十四戶，所有人家的祕密都逃不過我這對好管閒事的順風耳，因為那台絕無僅有的電話，就裝在我家。

我家裝電話那天，差不多全庄的人都來參觀，彷彿正月十三迎媽祖，扶老攜幼。

「電話要裝在哪裡？」電信局的裝設工人標仔精壯短小，肌肉結實的手臂捧著一個黑碌碌的機子。

「放電視機的桌子上，大同寶寶旁邊。」我阿爸開口時下巴刻意抬高四十五度角，有種騰雲駕霧的飄飄然。

別人家裝電話要排隊抽籤，一台話機一千新台幣，算便宜了，貴在裝機費，一萬六，幾乎是耕作人家半年的總收入，這還沒加上押金和配線費。我媽說，電信局根本吃銅吃鐵，有毛的吃到棕蓑，沒毛的吃到秤錘，素珍姨她家去年賣地，一坪也才一千八。而我家，完全免費，政府給的，將來電話費也是公家出，還附贈一份《聯合報》。

「電話號碼，三八番。」標仔說。

蛤?!我爸連同眾人驚訝得嘴巴張開開。

「為什麼是三八？」

「因為你這支剛好是全三星鄉的第三十八支。」

我爸一臉衰呆的表情。

「可以改為三九嗎？三八給下一個？」

「不行啦！這樣我們登錄和做帳都會弄錯。三八很好記啊！村民有事找村長隨便想就知道。」

「問題是這上面又沒有號碼，是要怎樣ㄎㄚˋ？」

「不是用ㄎㄚˋ耶，是用ㄍㄚˋ耶。」標仔轉動機身的手把搖鈴，示範給大家看。「喂！小姐歹勢，我在試電話。村長他家。」講完，掛上話筒，「這通不算，不會收錢。記住，一通只能講三分鐘，重要事情講一講，不然接線小姐會掛你電話。」

「你意思是說，那個電話裡面藏一個女人？那不是說什麼都被她聽光光？」

「她沒有那個美國時間偷聽你講電話啦！總之，長話短說，不該說的不要亂說，通話保密就對了啦！」

什麼是不該說的？

這問題顯然很重要，但沒人提問，大人好像都心知肚明，無聲交換的眼神超曖昧。

標仔口袋裡掏出一小紙盒，遞給我媽。「附贈的，電話香片。」一張廣告單，給我阿爸，「若有人要牽電話，直接來找我，給他打九折。」

「貴參參，鬼才要牽。」

「很難說哦，計畫趕不上變化，變化趕不上一通電話。」離去前，抓著腦袋又加了句：「現在有最新電話架，要不要順便裝？高低伸縮，自由輪迴，便利通話，減少故障。」

念得好溜，像在背電視劇台詞。

「政府出錢？」

「嘸咧！你要自己出。四百八。來，再給你一張。」

我爸不爽伸手，我幫接過來，上頭寫「樂美機工廠出品」。傳單後面還有字：

人可以吃虧，但不能腎虧。海狗丸，深夜裡的懦夫救星。

「什麼意思？」我問我媽，結果她像被雷公打到，一把搶過傳單，丟進灶坑內。

那天，基於博好運的心理渴望，每個人都去摸一下電話，宛似在摸義德街九龍宮裡的金元寶，帶著崇敬的肅穆感，令一旁的大同寶寶黯然失色。那天起，放學後我兼差接線生與快遞小姐，專門負責記下對方姓名、電話，用最快速度奔跑放送訊息，讓厝邊頭尾來我家裡接、打電話。那天起，庄仔內上演的悲喜劇，我都免費參一腳。

當時，我曾經用稚嫩的心靈懷疑過，我爸之所以能當上村長，除了他識字識寫，生性不分輕重愛攬事，習於對別人偽裝熱心腸圖謀我媽口裡不能當飯吃的沒路用名聲之外，跟我乖巧好央叫應該也是關係密切。

之後，打進打出的電話越來越多，我爸不勝其擾，乾脆移機至牛椆間，外牆挖一個洞擺機子，方便鄰里站屋簷下即可聯絡諸親友。

僅僅一年半，打電話不用再先ㄍㄚˋ給接線小姐，可以直接ㄎㄚˋ，裝機費大降價，電話數暴增，我家從三八番一舉躍向九三八。我阿爸再次崩潰。

「阿昌伯，九三八很好啊！」標仔面對顧客的抱怨，永遠反應靈敏，開口就銷售員的經典吉祥話：「九五至尊，三路齊發，一度讚。」

要不要打賭？所有村民想到的一定是最多三八的那支。

「是誰啦？」我指著我阿爸手裡的話筒，用唇語逼問他。

「沒妳的事。」他也用唇語忿忿然回答。「快去睏。」

「不說？我去跟媽說。」

人才站起來，一隻藍白拖隨後擊中背脊，我吃痛悻悻然轉身，話筒嘎一聲掛上。

見我雙手握緊拳頭放刁，他擰笑耍狠，「敢洩露半句，就讓妳做狗爬。」

哼！欺負不起別人，專門欺負自己女兒。

「誰啦？」料準他的虛張聲勢，我講話從來沒分大小。

「素珍姨啦！」

「三更半暝？」

一定是奸情。我媽說的沒錯，這支電話是禍端，女人有事沒事打來，早就色名在外的我阿爸，眼看就要再給他風流下去。我不肯放過，搶在前面擋路。

「是要幹麼？」

「說要自殺。」

*

大雨嘩啦啦下個不停，聲勢浩大落進稻田，從滋潤變蹂躪。房裡如小貓咪啼哭的嬰兒聲似乎從沒停過。我大嫂臨盆前，我哥就鬧失聯，至今快兩個月了，行蹤未明。

了尾仔囝！鄰里背後議論紛紛。我媽每隔兩三天就殺一隻原本要拿去菜市賣了貼補家用的閹雞給大嫂補月內。她的奶水卻依舊不足？還是生了個餓死鬼來投胎？

「敏啊！過來幫忙。」老媽在廚房喚。

「我功課還沒寫好。」

「先把雞腹內拉出來再去寫。」

又來了，讀書寫字永遠我家最不重要的事，隨時可以被打斷。去把田裡鴨仔趕回來、拿會錢去給五嬸，或者醬油沒了、衛生紙沒了，任何鳥事都比我的功課十萬火急。

抓腹內其實技術含量不高，重點是手和手感，溫熱的器臟血管無數條神經緊緊攀附，要先輕輕扯開、推離，才不至於因力道過猛弄得肝腸寸斷，萬一扯破膽囊就全毀了。在這之前，還有個前置作業，雞頸下方鼓起的位置，即是胃，從外部用刀取下，隨後，雞屁股往上一點，橫著割，注意，不要用水往裡灌，不然雞屎噴得到處，就太虐口鼻了。我手掌小，骨頭軟，五指一縮輕易能探入家禽腹肚，將整副煮下水湯的材料控在掌心。

記不起什麼時候開始，取腹內竟然變成我的專責，有次在廚房旁塑膠帘後，洗澡洗到一半，焦躁的老媽非要我光溜溜出來跟一隻番鴨袒裎相見，叉開兩腳蹲地上，鮮血汩汩流淌，活像每月一次經期來訪。

「鈴鈴鈴！」電話選在這時候響起。

我媽擱下豬腳拎著豬毛夾，三步併兩步奔往一條通到底的牛椆間。

「妳阿爸叫妳到廟裡幫忙。」

「等我寫完作業。」

「寫完就太慢了。」

「不然是妳要幫我寫嗎？」

「嘴巴給我再利一點。」

當媽的就這點福利傲人，明明理虧，隨口恐嚇即刻扳回局面。

不聽勸穿上雨衣，堅持撐雨傘騎上我的銀白淑女車款。前輪是最新穎的圈式煞車系統，後輪反踩式煞車，方形車鎖，坐墊下方配有置物盒，叉斜桿、龍頭、把手、前後土除全部清楚標示「LUCKY」。

滿十二歲過四個月，我媽補送我的生日禮物。每次招搖過市，總吸引無數豔羨的目光。

我們庄仔，一年兩度聯誼會。看天吃飯的莊稼漢，長年日頭下劬勞，微薄收穫常常付不出生活基本開銷以及孩子們的學雜費，大家總認真檢討得失，做為來年改進的目標，對天界那些其實沒有善盡保庇平安發大財的神靈仍敬畏有加，尤其偏愛關老爺多一點。每年秋收後、來年夏耘前，眾人便聚集大街上的鎮安宮簡單吃喝一攤，再輪流擲筊，請示關聖帝君下一季該栽種何種農作物，才有好收成。

過程是每戶推派一名代表，通常就是誰家男主人或長子，女人家只能負責點心、泡茶，出些雞零狗碎的餿主意，製造熱鬧歡愉氣氛。

在金紙寫上三兩個字，看似簡單，對一群終年幹粗活憑氣力掙飯吃的農民來說，比拿鋤頭、鐮刀還費力，何況生活匱乏，能夠到學校念書識字的人畢竟不多，這斯文細活便由榮任四屆調解委員、一屆村長的我阿爸幫忙完成。

待我升上小六以後，每學期領清寒獎學金，做事還算牢靠，我阿爸便威逼著交棒。

竹竿般瘦小的身軀擠在一眾汗酸過度發酵的叔伯群中，已經夠讓人呼吸困頓了，偶爾還要被炮轟，只因彼此認知不同。

茼蒿要寫打某菜，知嘸？大伯持別提醒，不要以為多讀兩天書就囂俳，世間事，沒那麼簡單。因此，山蕨要寫過貓、馬齒莧是豬母乳、山蘇是歪頭菜或雞母岫，番茄只能是柑仔蜜，其他還有美濃瓜、鵝仔菜、菠稜仔菜、秫米、金瓜。

人家說什麼就得寫什麼，不能自己變巧，寫成老師教的標準漢語詞，否則就是假勢。

不是跟妳講，這叫籃仔菜，什麼芥藍菜？妳寫成這樣，鬼才看懂。多半時候巴我頭的都是我阿爸，通天下沒人像他這麼盧的。

「現在大家過來擲筊。」

排隊站好，一一虔誠禱問。兩只筊杯在昏黃燈光下似乎帶有魔力，能阻擋天災，逼出草叢、泥地裡的蝶蛾、蚜蟲、蔥潛蠅，甚至如仲春的穀雨，催生大地。穹頂日光燈下，菩薩善目慈眉，俯視一眾微塵。

然而，關帝爺的美意經常被這群自以為買一張愛國獎券就買到萬頃良田的大老粗們曲解。例如，張家寫的是銀柳，得了三個聖筊；李家寫的是加摩菜，也擲到三個聖筊；陳家的醜豆，同樣被應允。那不就該各自回去認真耕作，期待流淚撒種，必歡呼收割。可，他們自認感情好，同一庄仔理當褲頭結作夥，自作主張在神明的諸多旨意中找一個眾數，傾全力投入。

來年果然幸運大豐收，菜價崩跌，一起苦哈哈繼續過窮日子。明年如此這般再來一次，像循環不止無法跳脫三界的輪迴。

窮，最終成為全村人身體記憶的一部分。

屢敗屢試屢怨嘆被關老爺出賣的鄰里叔伯們，有些把持不住，其實是腦袋較為靈光的，例如春嬌姨的丈夫建成叔、素珍姨的丈夫民雄叔、我五叔和添丁伯，開始自我轉型找出路。

橙藍色的傍晚，準五點半，工廠設在阿里史的加工業老闆，開著水藍得利卡從鄉公所前廣場沿成功路駛向月眉湖，輾過綠油油白鷺鷥與水牛悠遊其間的農田、菜園，與隨興盛開水岸兩側的金鳳花、木槿、三色菫打過招呼，挨家挨戶送聖誕燈泡和塑膠花。

農民簡單日常，活動範圍甚少越界叭哩沙，誰也不清楚聖誕是個啥，沒見過組裝後的聖誕樹長什麼模樣有什麼意義，農村放眼所及盡是花花草草，何必費事弄個假花來欣賞，但大家都很認真地五角、一元響應省主席林洋港提倡的「家庭即工廠」，期待自家和國家經濟富起來。

沒興趣捏塑膠花的就到林場伐木。只要有錢賺，工作再苦再危險，仍是一個家的活水源頭，就不惜用生命去拚搏。

前後半年，接連傳回壞消息，報紙社會版邊緣小角落，幾行字潦草帶過：

羅東林場負責扛蔗夯的工人廖建成、謝民雄，因木馬沒繫緊往前滑擠，慘遭輾壓——

我媽眼見春嬌姨和素珍姨皆柔弱，子女卻還十分年幼，咬牙苦撐怕也熬不過去，對著幾十年老鄰居說：「這種事可能發生在任何人身上，現在，一戶三、五百，救急不救窮。」

我爸當時正大口吃西魯肉，筷子夾起糕渣掉半塊。

我趴在餐桌寫功課，被一把拎起，「去拿紙筆，名字、捐多少，記下來。」送善款，服務村民，頻繁出入春嬌姨家，我爸從小撩，墮落成泥足深陷，只花了短短幾星期。

像自備一個撥號盤內含電磁鐵的電脈衝，悄悄搭起他偷吃的橋梁。

我媽避開眾人憐憫的眼神，將悽傷收進眠床，拉高被褥抹淚，在漆黑清寂的夜裡說夢話給自己聽。

行差踏錯的我爸，漸漸不肯拿回家用，眼看只能吃土。誤將丈夫送往積雷山摩雲洞的我媽，追著春嬌姨打罵，狐狸精！田埂泥濘路追到柑仔坑，地上撿起什麼丟什麼。勸阻無效，我媽認清老娘唯有拚了，才能湊起敗壞的零件，讓一個家維持功能完善。

在她所有攢錢的門路中，最了不起的可能不是天生的各樣技能，而是毅力和節制。

位於順發輾米廠後方，荒廢的果園內，鐵皮搭建長條形，看似工寮，實為賭場，靠近一點即可聽見熱辣辣，悲喜交混的殺伐聲。

四周隱形看板寫著：良家婦女止步。我媽沒禁沒忌，得空就拉著我去觀戰，明知勝率不及百分之一，仍潛心琢磨，黑粒仔（天九）、撿紅點、十胡仔（四色牌），別人看了半天猶霧煞煞，她不必特別請教誰，站賭客後方揣摩，接連數日，返家途中便能跟我分享心得。

「賭博不是憨人所想那麼簡單，講求思考、記性、運氣和心理戰。下禮拜開始，妳跟我作夥去。」

我的少女時代，翻篇，陡見凹陷的花花惡世界，流氓、地痞與賺吃查某群聚的笈間。

多年後，回想起這一切，或許犬類的生命歷程就是一路被現實痛吻，然後還要回應以歌唱。

素來胸有丘壑的我媽，時不時蔣公魂上身，對我雙聲帶勵志喊話：「聰明女孩出頭天。」以下國語不支援，「這世間，強的人挾去配。妳要怎樣強？磨練再磨練。」

利用午餐後晚飯前幾個小時空檔，母女倆遮遮掩掩潛入工寮。

我媽負責上場玩牌，我負責邋遢男孩裝扮，主動幫忙遞茶水，跑腿買檳榔、香菸，男人胡牌就樂呵呵，大方給吃紅。我一面學春嬌姨綻開扶桑花的笑顏，裝可愛，一面細心監看，誰出老千不使鬼，適時打趴士給我媽。

黃象叫皇上、白象是嘍癢、紅車故意說成燒軟軟或紅龜粿、白士叫袂輸、白馬不是馬，有的叔叔會說好蘭迪。

「阿昌嬸，我對妳很夠意思內，妳卻打一支紅軍（帥）給我到（胡）。」

「歹勢啦！」

各懷鬼胎是賭徒基本款，下家想要的牌，有，偏不打，人家不想要的牌，一而再，堵死他，千方百計不讓胡。

人生每個決定都是賭，我媽說，心頭先要掠乎定，肖想贏別人之前要先贏過自己貪婪這一關。

「說個卡坦白，妳阿爸也在賭，他是人揪揪袂去，鬼牽咯咯對。了然！」每有斬獲，算算夠幾天買菜錢，我媽拍拍屁股走人，毅然決然。

「手氣那麼好，為何不多玩幾把？」我黑化得很快，過程中不曾抗拒，大抵因幼稚的心靈有股被信任的虛榮感。

「輸贏都不能超過口袋裡本錢的十趴。那些贏贏筊跋到袂收山，最後只能剁手指，統統不及格。記住，慢慢贏比較多。」

長年艱困營生，淘盡風浪的我媽，逐漸淬礪出一種武林高手的胸襟。

有回，她手氣大爆發，接連幾天，順風順水，保守含蓄還是贏。為了獎勵我助賭有功，返家途中，經過腳踏車行，心花大開大出手，給我買了一輛自行車，讓我和「幸福」沾上邊。

國二以後我才知道，LUCKY 不等於幸福，幸福也不能單靠 LUCKY。

「有車代步，以後叫妳做事，就別給我擺臭臉！」

「阿爸問起怎麼說？」

我爸成天窩春嬌姨那兒，偶爾返家，兄弟姊妹須得小心應對，捏細嗓門，動作放緩，護著他的情緒像護著風中的燭火。

清晨五點用力拍打門板，你以為他帶著早點回來，直到發現他揣在懷裡的汽油桶，屋角堆滿易燃的乾稻草，才知慘了。掀桌、咆哮、藉題發揮以掩飾心虛。突然一把刀就到了我媽手中，在灰色曉霧瀰漫的黎明，水稻如金黃碎紙，迎頭兜面灑向我們這群驚弓的小麻雀。

「妳不用說，我來說。」儼然諜對諜的狡猾神情。

是要有多少隱匿，多不誠懇，才算正常夫妻？

以前不是這樣的，以前，他們也有過恩愛時光。

我爸上林場打短工，一趟待兩三個月，回來特地從羅東帶了鴨賞、膽肝、紅糟魷魚，討我媽歡心。農忙空檔，他修繕漏水屋瓦、粉刷櫥櫃、編製各式竹籮、通水管，劈好的乾柴整齊堆放牛棚間，高高兩面牆，足夠用上一整季。

那時家裡還聽見笑聲，發自內心的幸福感。雖然少少的美好時光，但有過。

我爸開始睬政治是家人情感敗壞的開端。什麼黨內黨外，跟人家去踅街抗議，誰誰誰遭到約談，再沒回來，或回來了也不成人形。有坑沒筍，天大的理想抵不過一粒爆香的蒜頭。我媽是識時務的俊傑，鈔來不拒。

有個墨黑的晚飯時分，屋外傳來扣扣聲，大夥兒不約而同停下吃喝，弟弟才要起身，我媽卻說：「敏啊，去開門。」

「哦。」我匆匆咬下一塊滷肉，擦擦嘴巴，不情不願拖著腳後跟，邁向前廳。狹長方形的老屋架構，阿公留下來的，共四個方廳。玄灰色磨石子地一路來到神明廳，拉開紗門，門外是稻埕，右手邊朝下九個階梯連通庄仔小徑，木柵欄居間隔開裡外。夜雨滴滴答答，寒風陣陣穿堂過。

我撐著黑傘，拉開長年漆成褚紅色有些斑駁蟲蛀的門板，映入眼底的是一張陌生男人黯黑的臉孔。

「大人在家嗎？」

「我爸媽哥哥嫂嫂，他們都在。」莫名地腦袋警鈴大作，隱隱感到不安。

「有幾個大人？」

「六，六個。」謊報一倍，目的，嚇倒他。完全不知為何。

陌生男人稍稍猶豫，口袋拎出一疊鈔票，當場點交四百八十元、六塊香皂和一張傳單給我。

「跟妳爸媽說，選這個姓張的。」

好香啊！我忍不住聞了又聞那幾塊「美琪」香皂。我家向來一粒水晶雪文洗全身，哪有這樣講究的。小心放縫紉機上用碎花布蓋好，傳單摺進鈔票裡，連錢一起轉交給媽媽。

「素珍姨拿會錢給妳。」

知道我阿爸忌賄選如蛇蠍，餐桌上咒罵人家的那些難聽字眼如春雷，耳膜都要貫破了。

老媽配合得很好，問也沒問接過錢就塞進口袋裡。

電視播放完新聞的廣告時間，鐵牛運功散中氣十足的阿榮和綠油精的歌聲先後響起，我阿爸又閃進牛棚間接電話。

我媽神祕兮兮，警告我不准告訴別人，那個錢——

「說叫妳投給姓張的。」

「這也不能說。」

偶然獲邀參與一次貪贓妄法，我媽陰霾好久的心情突然亮敞，猶如屋後那棵暗暝才燦然盛開的曇花，笑得美美的。

「阿爸說笨蛋才給人買票。」

「對啦！他最巧最厲害，才會讓全家三餐顧不飽。」

*

安迪來了！

學校反應何止慢半拍，根本亂了套。水淹金山寺了，還不停課。

第四節數學課，應用題，小明賣香蕉，一串香蕉成本十五元，賣二十元。顧客買了一串，給小明一張百元鈔，小明沒零錢可以找，跟鄰居換十個銅板，之後，發現拿到假鈔，被銀行沒收。問，小明總共賠了多少錢？

賠了多少錢？看這雨勢，再不回去，我連小命都要賠上了。

老師手裡的粉筆在黑板寫下九五、一〇〇、一九五。

又三名同學被帶回家了。

教室只剩下七個人。

「老師，」我舉手，弱弱的問：「我家住得遠，可以先放學嗎？」

「不行。除非家長來接，不然太危險。」

但我媽張羅家事已焦頭爛額，我爸有像沒有，是誰要來接我？

「妳可以打電話呀！」副班長跟我一樣同屬家中的犬類，同樣準備靠狗糧轉大人。「至少妳還有電話可以打，九三八。」

拜託，不用把電話號碼唸出來。雞婆。我瞪她。

「陳敏，妳爸來了。」

意外！我阿爸拎著一把黑傘來到教室門口，猶喘促，朝天鼻插在兩邊被風雨大力洗刷拉得更下耷的臉頰之間，澹漉漉的衣褲緊貼在肢體上，腳下的水珠競相往水泥地板淌，模樣狼狽得像隻流浪狗。

啊！我們終於成了名副其實的父女。

險風惡雨狂砸，單車只得寄放學校車棚。空蕩蕩的街道水流湍急，行進困難，我把手放進我阿爸掌心，他就緊緊握住了。

春嬌姨沒出來擺攤，當然沒，這種鬼天氣。真可惜，我希望她看見這一幕，方寸間無聲的辭彙：看！我爸就是我爸。

轟隆隆，屋頂像萬馬奔騰，七小時接力摧殘，庭院的果樹芭樂、金桔、百香果與厝邊兩旁環繞的麻竹橫七豎八，一株壓垮一株，交疊散亂如烽火過後的死屍，枯葉枯枝浸滿泥巴伴強風飛濺而起。

牛椆間的電話響個不停。

庄仔內，十四戶人家，其中六戶連同我家幸運位於小山腰，尚能撐得一時半刻。其餘七戶分處低窪的田中、金棗園、山腳下，應該是岌岌可危。

我媽吩咐我快打電話，能聯絡上的趕快聯絡。

失去地平線的黃昏，電火溪水位逐次增高，稻穗攔腰全趴，各式蔬果同廢。佇稻埕望出去，溪水滾滾如汪洋。向來惡人惡膽的我也感到莫名驚心，但庄裡人還是硬脾氣，說什麼人在屋在，屋毀人亡。

「你是頭殼裝屎嗎?人死了還搞屁!」我爸跟我媽難得同一鼻孔出氣，國台語雜陳連勸帶罵，企圖用聲量把人趕進家裡避難。

屋裡屋外踩出滑膩爛泥，男女老小擠滿堂屋，我媽跟阿姨們廚房洗菜、洗米，鹹粥煮不停手。

除了風聲、雨聲，聽不見人聲，人聲都被恐慌吃掉了。

我爸夥同叔伯們組成救難隊，風裡來，雨裡去，整日衣褲沒乾過，挨家挨戶搶救人和物資。

我奉命守在電話機旁，誰有需要趕緊通報。

「還有人打電話來沒?」

特別牽掛的人沒消沒息，忌憚著我媽，鄰舍面前不好太超過。我阿爸每隔半小時悄悄問一次，幾綹長年曝曬過度的草灰髮絲黏在前額，眼睫毛還滴著水。我媽不時從廚房越過高高低低黑腦袋，鑽過身形罅隙，飄來關切的星芒。空氣裡肅冷又焦灼。

五點十分。電話響起。

「喂？」對方也喂了一聲就斷線了。突破重重風雨傳來，瞬間充斥紅磚堆砌的矮房，惶惶如呼救。我當下認出是誰。

「是誰？」我爸問得急切。

目光遙睇我媽勞動的身影，四面牆齊齊壓過來，讓我不能多想。

「素珍姨。」

我爸和五叔立即抓起手電筒，自稻埕轉向屋側小徑，大面積烏雲吞噬了剩餘的天光，腳步忽頓沉，五叔一個磕絆險些撲倒。我爸抓起他臂膀，替他照亮前路，銀色細絲交織橙黃光束，不多時隱沒在密林深處。

素珍姨的家在五百公尺外，崎嶇小路，尋常快走來回亦要十幾分鐘，此刻天雨路滑，困難度倍增。

我滿腔心事呆立牛椆間外，簷廊下，仰頭閉上雙眼，恁風雨搧過耳頰，生生的疼，刺刺的痛，一股贖罪的快感。長袖花衫自後頭披上來，我媽環肩摟著我，臉貼我的臉。

五點五十。昏暗中有種末日的錯覺。

素珍姨肩頭大包小包披掛，手裡攜兩名幼女，渾似水中撈起，面孔慘白，呼吸都帶著溪流的琤淙，激動地與眾人抱團哭泣。

我爸回頭打算再入後山，駁坎下黃色泥流滾滾，齊頭湧現，轟隆聲自山間傳來，一截一截流木現跡，接著死雞、死鴨、鍋子、瓢、盆、桌子、椅子、冰箱……於水中載浮載沉，山洪暴發的跡象。太遲了！我五叔和伯父拉住他，不讓他做傻事。

「敏啊！她敢真實沒ㄎㄚˋ電話來？」嗓音裡居然悲悽哽咽，彷彿這一刻對情婦的慈心和不捨，就能將經年漠視妻兒的惡行超渡。

望著他凌亂布滿血絲的兩眼，我荒誕地想起春嬌姨和她的粉紅蕾絲胸罩。我媽從來捨不得買。

我瞅著我爸，詫異他的真情流露，五官柔善，陌生得不像我父親。

我媽也瞅著他，面如死灰如此刻沉默裡躁動異常的庄仔。

安迪還沒來以前，颱風在我家醞釀很久了。

每日放學時分，總會遇見春嬌姨，一襲涼薄的衣衫，與男客調笑時盛開的扶桑花，疲憊嘴角掛著沉重的包袱，需要一副強有力的臂膀相挺。寡居的日子，素珍姨有時難過得想不開，她呢？

「都是妳阿爸對我太好，害我離不開他。」、「若不是妳阿爸，我早改嫁了。」我不覺得她很有事，因為我爸也是那樣歸咎我媽。我媽不知道，用再多的愛和犧牲也喚不回執意迷路的人。

「春嬌會不會避到別人家去了，或者忘記你家的電話號碼？」素珍姨說。

「不可能。」五叔回答得斬釘截鐵。「最多三八的這支，咱庄仔內，隨便三歲囝仔都知。」

「電話斷了，」我說：「素珍姨打完就斷訊了。」

站在希若奇四方桌旁的素珍姨，聞言，訝然睜大眼。我適時迎上的目光像電話線路，導通切換開關，聲音訊號避開眾人特別我爸，直接傳進她耳中。她驀然領會，胸坎往上高高一提，徐徐擱下。

（本文榮獲二〇二二年林榮三文學獎短篇小說二獎）

掠蟲

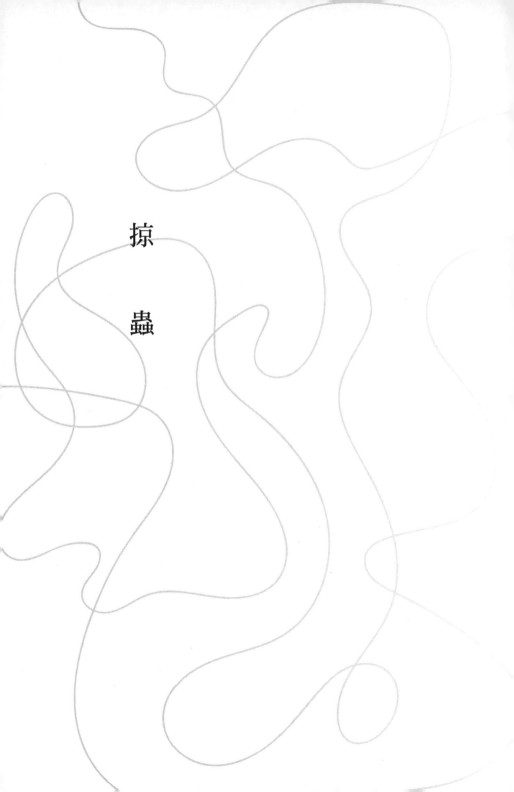

尋常時，只有禮拜天聽講道以及彌子姨帶領的週三姊妹會才有信徒走動的教堂，此刻靜悄悄。冬陽撩起裙角，從庭院跨越窗台，暖綿綿躺地板上，木質長條座椅很老了，溫潤乏力頻頻哈唏，十字架上的耶穌還在受難，莊嚴而悽傷。

也許做完功課已經太累，也許肚子裡塞太多油蔥麵包，讀幾行書就腦門發脹，過沒多久我竟盹龜了。意識朦朧中，似乎看見教堂外不時有一兩個鳥面鵠形卻挺個怪異大肚子的小朋友獨自或隨父母陪同走進來。

阿兜仔神父照例穿著低調的暗色達拉里斯，笑容和煦站內堂門口揮手招呼，大家按著秩序魚貫而入，端坐他面前，任由他撫摸臉龐，揪耳朵，掀鼻孔，羞澀地掀開衣襬提至上腹，乖乖躺上一旁長條椅，神父俯身向前，鼻眼快將零距離。

難道神父也學青瞑仙，在幫人摸骨算命賺外路仔？但是，算命為什麼要袒露肚皮？還躺著？

宜靜和我堂姊也來了，最後輪到我小哥。

我小哥？一驚，忙睜開眼，劉大龍放大的五官懸在正上方，緊盯著我——

「你幹麼？」我問。

「啊，糟糕，跑進去了！」

*

「快點跳下來，不要怕！」我們幾個屁孩，短褲棉衫，渾身濕透，泥鰍也似水裡躥上跳下，朝岸上的宜靜招手，「沒有很深吶，不用怕，淹不死人。」

宜靜脫去襯衫、百褶裙，光裸兩大腿，哆嗦站水潭畔的石塊上，寬鬆內衣衣角隨風鼓播，一束豔陽自空中拋灑向顱心，更顯嬌小毛黃，肚子凸凸，跟我一樣瘦狗卸主人。都十三虛歲了，若無長髮作為辨識，外形基本分不出性別。成績倒是無敵好，膽子超級小，瞧她，第一百零八次深呼吸，胸脯大幅上挺，也是沒看頭，緊握兩手，鼓足勇氣，跳。

啊！偌大的水花四濺，將我們震得人仰馬翻，嬉笑怒罵紛紛倒進溪裡，自力漂浮，統一一式，狗爬。

這座龍泉瀑布位於柑仔坑，分瀑潭與洗衫坑上下兩處，收集五月梅雨過後山林裡的大量溪水，自高高的崖坡上懸谷跌流而下，陽光輝映如銀色緞帶，平地軟泥中匯聚成幾個窟。水深見底的是具體而微的水族世界，石貼仔、吻鰕虎、毛蟹、溪哥、苦花仔，石縫、腳邊鑽來鑽去。潭水四周山勢相當平緩，僻徑綠茵繁複清涼，是我們一眾三星國小仁班（集慶村專班）的祕密幽境，每年夏天必要成群結伴來這兒玩水解熱，摘拾野果。

「宜靜流鼻血了！」劉大龍口氣淡淡的煩躁，像在說有人咳嗽或打噴嚏，病毒傳播，眾人將一起「染紅」。

剛剛掙扎立穩身子，水裡冒出還在氣喘咻咻的宜靜，手背往人中一抹，溪水含著血水，舌頭舔了舔，鹹腥味令她討厭地蹙起眉頭。

「快去那邊躺下來。」

我堂姊美月，其實只長我三個月，是我們的路隊長，從小發願當白衣天使，每次都搶第一時間依照她收集自各家的偏方，展現南丁格爾博愛的精神，為我們進行急救。

「頭抬高，臉側一邊，嘴巴張開。」她速速在宜靜身旁跪下來，熟練且使勁對著她的耳朵吹氣。

這招是她從她媽媽，她媽媽從她外婆那裡學來的，福建漳州流傳的民間療法，左鼻孔流血吹右耳，右鼻孔流血吹左耳。

功效初一十五，時好時壞。

我姨婆，自封府城閨秀，另有一帖來自大內御醫私下相授，蒜頭磨成泥，敷腳底，一小時。我媽每次邊敷邊喃喃叨念：「血流一小時還不止，應該就回蘇州賣鴨蛋了吧？」

真的，像是會傳染，我的鼻頭也莫名跟著發癢，跑到大岩石的衣服堆裡找到我的百褶裙，口袋裡掏出衛生紙，一半給腦袋快被吹成氣球急救無效的宜靜堵住鼻孔，一半自己按住鼻翼。

不知為何，我們村的小孩流鼻血就跟班上的同學流鼻涕一樣尋常。

就像前幾天，體育課進行到一半，風紀股長跟劉大龍為一顆籃球壓線與否意見不合，卯起來幹架。劉大龍雖然高強大漢，力頭足，風紀股長也不是吃素的，兩人齜牙咧嘴扭打成團，油亮的額頭反射出水光，鬢角、額際汗湧淋漓，混戰僅僅五分鐘，血注倏然加進來攪局，直接滑入雙方微張喘息的嘴角，形成駭異的景象。

「警告多少次了，不准打對方鼻子。」班導的怒吼總出現在兩方掛彩以後。

「才沒有！」

據說流鼻血是飲食過於燥熱，或高溫中暑。那天，灰茫茫的天空，太陽根本躲進雲層裡偷懶，分明山雨欲來。沒有暑氣，怎麼中暑？

或者該怪我們學校教室太老舊，常漏水。作為禮堂的思源樓，號稱以傳統窯燒工法炮製而成的尺二磚，隨光陰流逝，每片磚的色澤逐漸轉變，銀灰而褐黃，漆黑，小斑點脹成胖斑點。

上個學期末，開親師會時，宜靜準備點心，我負責茶水。許多家長先後提出質疑，那些礙眼霉苔小孔生出蠹蟲，會不會就是造成小孩鼻血不止的禍首。

斜坐皮椅上，地中海禿嚴重的校長，左耳際殘存的髮量翻山過嶺，幾綹攀附不堅實，垂向前額，形成滑稽瀏海。面對大夥兒交相指摘，他翹起指甲兩公分長的尾指，端起蓋碗青瓷杯啜飲白毫烏龍，慢悠悠哈口氣，像在譏嘲村民的無知。

「蠹蟲又稱衣魚，專吃糖類及澱粉等碳水化合物，只躲在木料、纖維中。而那些斑點，那些是歲月斧鑿的痕跡，象徵每一個孩子都是獨特的，未來不可限量。」

真有想像力，什麼壞銅爛鐵到了他嘴裡，都是渾金、璞玉。我爸氣到鼻孔生煙，也不能拿他怎樣。

一定是冒犯了神明，或者卡到陰。我與自幼罹患小兒麻痺的哥哥順從我媽的真知灼見，到處拜拜，收驚。三星眾廟無分大小，搭巴士遠征至羅東、五結、礁溪，土地公、王母娘娘、關聖帝君、三太公，有神拜到沒佛，都不見果效。

我曾經絕望地胡亂猜想，這紅色的黏稠液體將會糾纏我們一輩子。直到小六下學期，直到劉大龍他媽媽彌子姨帶我識得阿兜仔神父。

阿兜仔神父五十多歲人，也可能六十多，跟廟裡的僧尼一樣俗家姓名不詳，來台灣很久了，到底有多久？我媽說，就像孫潑猴從石頭縫蹦出來那樣，誰也說不準。身兼教堂附設的天仁幼稚園園長的神父，荷蘭籍，會說我們的國語，台語、客家話嘛會通。

教堂占地廣袤，有個操場能玩躲避球和搶國寶，兩側遊樂場，鞦韆、蹺蹺板、沙坑等基本配備，四圍植滿仙丹花、九重葛、聖誕紅和幾種我叫不出名字的奇花異草。標準外國庭園特色，我們老師說。

其實誰也沒去過外國，依我們山城毛小孩沒見過世面的粗略理解，外國就是美國，畢竟牛蛙叫美國水雞，大輪是美國西裝，荷蘭或許就在美國隔壁。

我爸從來不踏進異教區，說太厚禮數的人都一肚子壞水，尻脊後下刀沒得見。我媽則認為有拜有保庇，耶穌說不定是觀世音的遠房親戚，加減拜又沒損失。

「你們家要跟彌子姨去信耶穌當基督徒哦？那以後妳媽就死沒人拜了。」宜靜擅長大驚小怪，揣測我馬上就要包頭當修女，跟她切八斷。

我才沒有那個美國時間去吃教當基督徒。

事實上，我跟許多同學偷偷變節，成了新生粉料廠的忠實用戶，肖想的是教堂供應的免費牛油和麵包，期待能順順的長骨轉大人。我媽向來信仰不虔誠，卻辯解她母愛偉大，為家計故，置個人應報於度外。經常根據家中缺料，每週末夜裡躺通鋪時先叮嚀再三：「神父講經要仔細聽，記牢，手舉快，麵粉、味素、沙拉油，毋通漏勾。」

宜靜她那個熱愛卜卦批命盤，出個門都要翻農民曆選日子的媽媽，小孩稱芬蘭姨，後來也參一腳，而且魔高一丈。錢多到滿出門檻了她家，還派兩個人上教堂。

再後來，她爸的四角褲都印上「中美合作 淨重22公斤」。

聚財有方的芬蘭姨，鄉公所對面兩棟公寓相連的三角窗開了一家大型柑仔店，貨源齊全，吃的用的，占掉兩面騎樓。村子裡除了廟埕之外，第二爸爸集散地。日暮黃昏，收工後，劬勞困頓的叔伯們，不耐煩或怯於老婆、孩子吵鬧，一一窩進那兒，買瓶啤酒、買包莒光或新樂園，長條椅上排排坐，歕雞胿，話題盡在女人身上打轉。

芬蘭姨對待這類只攢一張嘴的老顧客從來不假辭色，冒失的插嘴，尖酸冷嘲，像揮舞蒼蠅拍趕蟲子，慎防他們順手拿走陳列在櫥櫃上頭的糕點。聽說那些都是宜靜跟她姊姊從天主堂領回的麵粉做成的，放在店裡賣，賺美國錢。阿兜仔神父因此不開心，芬蘭姨發出天乾物燥的嗓音咒誓，說雞蛋糕百分之二百是批來的，絕對與耶穌沒相交插。

在我淺薄、憨直的認知裡，她跟布袋戲裡的秦假仙說不定才是一國的。

村裡人多半對那個來自異邦外族的耶穌沒什麼概念，當然也不相識《聖經》裡的約瑟、雅各跟他兒子，常常把若瑟教堂，念成垃圾教堂。這個在戒嚴時期驀然從三星鄉義德村和集慶村之間浮出地表的跨文化，一開始的信仰接觸讓眾人困惑重重。怎麼有那種神？大家背地裡細細聲議論，那個「廟公」可能學問不夠飽，才會取那種垃圾名。

每日晨起上學，可以聽見教堂的鐘聲和歌聲遠遠隨風放送，婉轉悠揚：

> 耶和華祝福滿滿，親像海邊土沙，恩典慈愛直到萬世代。……

「喂，耶和華是誰？」我堂姊每聽一次就問一次。

「可能耶穌的爸爸。」我跟宜靜其實也沒概念。

很久以後我們才知道，那是上帝的綽號。

「天父的兜就是大家的兜，隨時想來就會當來。這馬嘜來講神的故事，古早時代有一個人叫著摩西……」神父操著口音超重的外國腔講閩南語，笑文文地情感緩緩流動，說起《聖經》裡諸多典故，深深吸引我。

第一次去教堂，開啟了我生命中許多的第一次，第一次聽聞「添油香」也用規定，美其名十一奉獻。第一次看到風琴，通過腳下的踏板送風，吹響音管，發出神奇的美妙音符。第一次聽到台語發音也可以很優雅。第一次知曉全村全縣，甚至滿世界人都同一個爸爸，都兄弟姊妹。

神父和校長有諸多雷同，也天差地別，兩人都見多識廣有學問，一個自覺渺小如奴僕，一個以萬世師表自居。

禮拜六下午，我通常會跟著劉大龍窩在主日學教室讀書、做功課，因為我家沒書桌，飯桌一口氣也擠不下八個人。

「喂，那個數學可以借我抄嗎？」

「不行。」

「自然？」

「不行。」

「社會？」

「不行。」

受不了我的小裡小氣，劉大龍乾脆趴過桌面，用搶的。

「哼！凡掠奪的，都牢籠在坑中，隱藏在獄裡。」《聖經》教導沒在聽的。

我翻白眼，怒視。厚臉皮的傢伙，呵呵呵！不知在笑什麼。氣不過，我倏然按住作業簿，阻止他，他反掌掰開我的手——

「給我看看什麼叫孔子眼。」

「你豬頭啦！」

孔子眼這個詞起因於青暝仙，說它位於大拇指前關節處，呈現眼睛形狀的指節紋，稱為孔子目紋。不負責任的說法，長出這種像眼不是眼的紋，表示了此人甚為聰明，勢讀冊。

我阿爸聽了我媽的轉述，笑到落下頦，「那將來我就靠妳囉！」

不單我爸不信，我自己也不信。慵懶午後，寫完功課，跟劉大龍打鬧完，趴桌上小憩時，我白日夢也不敢做的。

*

前幾天，青暝仙來過以後，村裡的婆婆媽媽們頓時像吃了啞巴丸，午後打盹醒來，約二點多，按慣例一起圍坐茶廠大榕樹下撿茶枝、玩四色牌時，統統嘴巴閉緊緊，一種故作靜默的熱腸，一種焦灼，像在跟什麼人賭氣。

怎麼可能？全月眉湖庄仔內十四戶人家，十一名小孩，竟卜不出半個將才，算命嘴胡蕊蕊，真的沒錯，五十塊算白花了。眾人對青瞑仙的隱藏式評價，只用腹語說給自己聽。小小的憤怒。這樣的憤怒並不存在一個禮拜前，一個禮拜前，他還是個半仙，開口就洩露天機。

村裡盛傳青瞑仙是胎裡盲，生來雙目失明，無緣見到天日卻能得知天意，關於他通靈的各種怪志神奇，經過大家吃飽閒閒加油添醋，竟然多過阿兜仔神父口中的救世主。

青瞑仙幫人算命沒有固定攤位，每天徒步大街小巷手裡敲著木頭響板，梆梆梆！做全叭哩沙人的生意，通常半年、一年才來一次，每次都在芒種與寒露時節。半數村子的人都去給他摸過骨、批過運途。

我也跟我媽去，去對慫，看熱鬧，雖然每次上演的戲碼大同小異，但在我們這個休閒娛樂嚴重匱乏的小農庄還是很有看頭。我媽說，誰的一生天災人禍不經歷個三五十回，女人要經歷的災難尤其多，算了也沒路用，五十元可以買兩斤三層肉，白白送人，可惜了。

青暝仙差不多跟我阿爸一般年歲，我認識他好多年了，從來沒有比較年輕或更蒼老。稀疏的頭髮灰白齊整三七分，緊貼頭皮，油膩出一種魔幻的境界。眼瞼多半緊閉，習慣穿對襟開海水藍或灰赭色棉布衫，黑底豆沙條紋長褲，腳踝一圈鬆緊帶，燈籠也似的垂在髒兮兮陳舊的包頭功夫鞋上，彷彿電視劇裡深藏不露的武林高手，彰顯著巫祝般的神韻。

那日，才剛立夏，天氣濕熱，殷紅色斜陽磨擦著瓦屋頂徐徐滾向拳頭姆山的那一邊，四圍相思林麻雀、斑鳩、琵嘴鴨、蒼鷺、布穀鳥群聚，梧桐樹的枝椏上下飛撲，吵鬧得不可開交。

捱到五點鐘左右，晚雲終於披掛天際，送來陣陣涼風，廟埕上人潮越聚越多，賣零嘴的小販各個自動延遲收攤，大家圍成一圈又一圈，你推我擠如小人國裡爭看格列佛，完全就廟會時才有的盛況。

青暝仙捲起袖管，我注意到他兩隻手肘上寫滿文字，彷彿小說《怪談》裡的無耳芳一，上頭的刺青說不定正是《般若心經》。在鎮安宮左側廣場這裡，一張長年擺放任憑風吹日曬，褪色又皸裂的木製四方桌前，他逐一攤開隨身背包裡的頭骨、手骨模型，以及拿來販賣用於化解劫數、改善財運、催旺桃花的各種神器，古董錢幣啦、貔貅吊飾啦、平安符啦、五福菩提子手環啦……。

我媽說那些全是他賺錢的家私頭，難怪所有人的骨相都不太好，都要改運解厄。

我的目光一直離不開他宛似被皮肉包裹的眼窩，裡頭沒有眼球轉動的跡象，卻又莫名隱含著一股懾人的氣息。

十三歲以上才給算，是青瞑仙定下的規矩，解釋，年紀太小，根基弱，骨架沒長齊。肚子裡似乎很有墨水的他，擺攤開算前有一定儀式，先兩腿拉開與肩同寬，站穩身子，抬頭，面容幽邈，平視（其實是無視）眾人後，緩緩坐下。難以名狀地，予人沉甸甸的壓迫感，所有聲息同時隱去。兩條看顧宮門的大黑狗懂事地貓著腰緩行，聒噪的母雞也猛然不叫了。

起頭先用高深的詞句解惑：「人一身的骨相，具乎面部、四肢。骨相有三種，起、露、陷。陷，很好理解，就是臉上相應的那塊骨頭凹陷下去，形成不對稱——」

「不用講那樣多啦！」其實是鴨子聽雷。早早就來卡位的芬蘭姨，抽中籤王似地喜孜孜，問她大女兒明年能不能順利考上蘭陽女中？將來能不能嫁好尪？

我們村裡，半數村民遇上疑難雜症，捨棄科學辨證，熱衷扣問幽冥，求其指點迷津。無論求讖、問卜，負責溝通、代言者皆靈媒。大家情願把命運交到別人手上，依照籠統的人格特質描述，揭示自己。那些說詞，明明就適用於任何人，大家卻擅自認定乃專為自己量身訂做。老師在課堂上有嘴說到沒涎避邪養正的大道理只能退居厝角邊。

青暝仙說話被打斷，略顯不悅地垂下嘴角。然後開始一定的套路和話術。雙手仔細在宜靜姊姊頭上、臉上按捏。圍觀群眾俱皆凝神，等候參與一場天機大揭密。

「這個查某囡兩頰無肉，身體虛弱。」

「對啊！人家感冒一個禮拜就好，她每回拖上半個多月，吃藥，打針，還咳不停。」芬蘭姨精準接招，回應以標準答案。

宜靜她姊念國三，副班長，每次模擬考全校排名前十，聽說下課從不上福利社，不跟同學喇咧練舌頭，雙眼緊盯課本。

青暝仙接著說：「雖然聰明伶俐，但考試運不佳。」

「真的吔！每次碰到大考她就拉肚子，不然就是發燒頭痛，有夠衰。」芳蘭姨真是被柑仔店耽誤的相聲演員。

算命之所以會準，實在因為多數人都好自動，感知神經一旦接收到某種提示就趕緊自我求證，毫不設防地配合演出，三兩下便掉進陷阱，把自己「供」出來。

也許青暝仙靠的不完全是通靈，而是情感的掌握，屬心理戰術。每個人都惶恐在劫難逃，即使不知未來如何，或有沒有未來，卻對未來莫名躊躇，算命於是成了創業、擇偶、投資等等邁向人生重要旅程的光明燈。

若無意外，接下來青暝仙會告訴芬蘭姨，情形還好，沒有很嚴重，只要懂得趨吉避凶，一切都可化解。

「除此之外，還要多積德。」

「積德？」

「就是心存善念，做好事。」我每次都忍不住假勢，每次都挨罵也學不乖。

青瞑仙那雙照理說什麼也看不見的眼睛無預警地橫掃過來，令我機伶地打了一個寒顫。「妳叫啥名？」轉身，抓住我的手。

「呃，我……」糟糕，自磐古開天，我家總餘糧不足，哪有閒錢算命。

人群中露出半張比我還驚悚的我媽的臉，像連續劇裡的插播廣告，挑眉歪嘴，示意我速速退散。

「妳的拳頭拇有孔子眼——」

「稍、等、一、下！」芬蘭姨生氣我占用她寶貝女兒的時間，用力抽開我粗實硬繭密布，不用算就知將操勞一世的手掌。「喂，沒有要算的麻煩靠過去一點好嗎？卡有站節氣一下！」

最後，輪到劉大龍他表哥。方臉闊嘴大塊頭，前額正中髮線凸出一小撮，左右兩邊圓弧向下，形成漂亮又滑稽的美人尖。制服都訂作的，腰身和大腿處特別收緊，坐在椅子上兩腿中間擠出一大坨，覺得全世界人都在關注他的前途，令他渾身不自在，蚯蚓一樣扭來扭去。

劉大龍的姑丈阿福伯在菜市賣煙燻茶鵝，競選過三屆鄉民代表全落馬，遂下定決心從基層建立口碑，首先幫助鄉長達成全村百分百自來水普及率，力勸大家別再飲用可能含有重金屬、農藥殘留、寄生蟲卵的山泉水。

村民不領情，質問，水是天上掉下來的，為什麼要花錢買？

每逢有關當局指責鄉長督導不力，以致痢疾、鉤端螺旋體病疫情像野火，春風吹又生，鄉長就大發雷霆找罪犯。阿福伯怕被颱風尾掃到，只好去找好說話的阿兜仔神父參詳。再三溝通後，劉大龍他姑丈決定出資，阿兜仔神父出技術，全村的叔伯共同出力，用小石子、生化棉、木炭，在龍泉瀑布上游築一個濾槽，牽出管線，分支到各家各戶，讓村民不用每兩個月繳一次水費也有水喝，年底一舉當上村長。

劉大龍也來了，像是怕被人瞧見跑去跟彌子姨告狀，悄悄站阿福嬸後面，對我猛扮鬼臉。我怒怒的咬牙，準備繞過去趁機賞他一拳，怎知他鼻血就流出來了。天氣其實沒有熱到會著痧，他也沒有剛好去運動打球跑步，致使血液跑太快衝破鼻黏膜。

阿福嬸說：「我兒子功課很好，是想要問他將來能不能做生意賺大錢？還是去考公務員捧鐵飯碗較妥當？」

「這個少年郎天庭寬闊飽滿，可惜鼻顴不相配。」青瞑仙說。

「哪可能？你看，阮囝漢草好，又生作這麼緣投，難道還不是富貴相？」

阿福嬸真愛搞笑，青瞑仙最好是看得見她兒子的五官。

「一命二運三風水，四積陰德五讀書，六名七相八敬神，九交貴人十養生，是不是富貴相要全體配合。」

哇！富貴好難。我跟著默念一遍，暗暗抽換一口氣。

「嗯，二十五歲有血光，若能脫過就能保平安，一路順遂。」

「血光？」

「就是凶災，意外之類的。」我又太激動了，像玩大風吹搶到一個位子，興奮過頭，嘴巴硬是關不住。

「廢話！」

欸，當然是廢話，不是三年前才說過，他十八到三十歲中間有兩個劫數，不能吃牛肉、要戴平安符，有沒有？記得吧？

奇怪，我幹麼特別記住別人家的事，凡跟我相熟的厝邊頭尾、同學的命運，青瞑仙批過的四柱，幾乎一字不漏鎖進腦海裡，隨便就能翻出來當備審資料。

通常青瞑仙開壇卜運一小時，阿兜仔神父就會穿著道袍，挺出有容乃大的圓肚，戴黑色小瓜帽，拎一疊傳單到處發送，勸大家不要迷信、不要被罪惡綑綁、只要單單仰望耶和華就能得到平安喜樂。

真的很掃興。

「飯都沒得吃，是有誰需要平安喜樂？」我媽咬我耳朵，嘀咕：「很奇怪呢，人就人了，又不是神，又不是父，怎麼叫神父？難怪都不保庇信徒發大財。」

「青瞑仙也不是仙。」我說。

「至少他會解運。」

「妳看過誰解運發大財了？」

「讓妳讀書就學牙尖嘴利？」

每次說不過我就翻臉，大人真的修養差。

我喜歡阿兜仔神父。小六下學期開始，我的星期假日變得超屬靈，逢年過節也一反常態，同學們大多陪家人到宮廟拜拜、上香，然後逛到廣場攤販那兒買塊水潤餅或炸番薯吃吃，就完了。我不一樣，除非我那個很盧的阿爸硬拗我去幫忙抄抄寫寫，通常工作完畢跟菩薩打聲招呼，我便騎鐵馬轉向教堂。

教堂吸引我，與傳說中童貞懷孕的瑪麗亞沒有直接關係，重點是禮物。胖胖的神父笑起來聲音宏亮，腹部和雙下巴會一起抖動，像極了廟裡的彌勒佛。在我們還不相識聖誕老公公前，他已經扮演那個角色多年。誰能將他教導的《聖經》金句背出來，誰就能得到麵包、鉛筆、筆記本、橡皮擦、枝仔冰各式各樣獎賞。為了不辜負我媽的期望，我通常會卯足勁一口氣背下十幾條金句，帶回大量補給品。有次我奮勇扛了三公斤麵粉回家，對著她念出〈以弗所書〉六章二節：「要孝敬父母，使你得福，在世長壽。」讓她感動莫名，覺得沒有白養我。

青瞑仙的鐵口直斷傷害眾多媽媽望子女成龍鳳的心，意外地令堅持每個人都是上帝的寶貝都鵬程萬里的神父，行情逐漸看漲，一改先前的畏懼排斥，煩惱對不起祖公媽，開始睜一眼閉一眼，讓自家小孩去教堂，效法唐三藏向西方取經。

以教堂為家的神父，兒童主日學教室就是他的臥房，三夾板床收起枕頭、棉被便是寫字檯，幾張塑膠小圓凳圍成一圈，差不多跟我家一樣逼仄。釘在兩牆面上的四層書架已經蟲蛀斑斑的木頭堆滿書籍，碰一下就吱吱嘎嘎，幾種不同版本的《聖經》，用以啟發心靈的福音書、詩歌本，路易斯的《返璞歸真》、狄更斯的《霧都孤兒》、雨果的《悲慘世界》、《西化醫學》……巍巍顫顫，眼看就統統要砸下來，卻又神奇的支撐過一天又一天。

參加教堂禮拜有諸多儀式，唱詩歌、念經文、禱告、每月領一次聖餐，都還好，最讓我困擾的是告解，向天父、聖母坦承自己犯了罪。罪，何其重大，小孩子能犯的只是錯，說錯話，做錯事，小奸小惡。但我們通常連錯也不犯的，我們很乖。為了給神父一個交代，滿足他用神的話語撫慰世人的心願，我經常得編故事，假裝懺悔，讓他叨念、勸戒幾句，罰背幾條經文，再被赦免。

每個禮拜虛構情事，每個禮拜變聖潔。

通常我會主動幫神父發送福音傳單，今天也是。宜靜咬著嘴唇猶猶豫豫，半晌，才低著頭靠過來。鄰里叔伯反應超冷，用看牆頭草與叛徒的目光看我們。我才不在乎，他們又不給我吃的喝的。

劉大龍鼻血流不止，用掉廟公大半包五月花。阿福嬸趁機請示青瞑仙：「我姪子，好好人三不五時膿炎臭血，老師教導用手指捏住鼻翼兩側，持續按壓數分鐘，冰敷，或將棉花沾濕堵住鼻孔，攏無效，是病了還是衝犯到什麼？」

青瞑仙臉上波紋不生，說他專職摸骨，以骨相判讀一個人來未來去未去的因果。小孩有病，要看醫生。

那重重拋擲過來的醫生一詞冒犯到我媽，她像被蜜蜂螫到，激動咬牙，「醫生有比神明厲害嗎？流鼻血又不是破大病，吃藥不如喝符水。」徹底揭露她虔誠背後窮困的不得不。

*

「幹麼啦？」我生氣拍掉劉大龍的手，鼻腔一陣奇癢。

「蟲，有隻蟲住在妳鼻子裡。」

「亂講。」

推開劉大龍，我挺身躍起，鼻血跟著流出，彷彿有異物堵住呼吸道，一陣眩暈。

與此同時，我看到行動不便，除了上學足不出戶的我小哥，一跛一跛走向神父身旁的長條椅，像其他孩童那樣坐上中段位置，笨拙地抖著雙手抓住兩邊木緣，讓身子徐緩躺下，腳放直，眼睛撐大睇向天花板，嘴巴張開開，神色惶惶。

神父起身低頭貼近他，從我的角度望去，幾乎與他眼鼻口相觸——

我不明白我以為發現了什麼，衝上前，大聲問：「你們在幹麼？」

「噓！」神父不慌不忙，要我將講台方几上一小截香菸和小半碗米酒遞給他，吩咐我：「不要出聲，不要吵，這個很危險，要特別小心。」

「你要把我哥怎樣？」

「掠蟲。別急哦，一會兒就輪到妳和大龍。」他兩指捏起陶碗裡一小撮浸泡過米酒的菸絲，小心翼翼塞進我哥鼻腔內，提醒：「讓它停留一下下，不要馬上起身。」

酒滑入鼻孔，我小哥瞬間眉心隆起一座山，臉色漲成豬肝紅，極力忍抑二、三秒鐘，痛苦得身子側歪，狂打噴嚏，鼻血和一隻黑溜溜半截小指頭大小的水蛭同時噴在地板上，怵目驚心。

「記住，以後不可以去野溪玩耍，也不要用生水漱口，尤其不可以拿來喝。」神父給我們一人一包西藥丸，上面寫「專治疳積」。交代：「每天兩顆，連續吃一禮拜，不能中斷。」

日近黃昏，我媽左等右等等不到我們回家吃晚飯，瘋狂到處找。

「那個神父有沒把妳怎樣？」在鄉公所前面植滿整排扶桑花的廣場遇上了，踩著返家的碎石子小徑，窸窸窣窣，我媽拷問犯人似的緊張兮兮。

「他會把我怎樣？」我困惑反詰。

「沒怎樣為什麼送妳蠟筆，整盒，全新的？」

「我之前不也常拿東西回家。」

「那些是小東西，跟這個不能比。他有沒把妳怎樣？」褐色眼珠子瞪好大，鼻翼賁張，直睇我臉孔。嘖嘖！神色超級曖昧，思想有夠糟糕。

「沒有啦！我長得又沒有很漂亮。」

我媽怔愣數秒，突然領悟，目光馬上放顏轉暗，「講嘛是有影，都怪妳自己，整天邋裡邋遢，親像男人婆。」

「怎麼變成講這樣？」

我爸說，神父沒有執照幫人看病，是犯法的。

「他又沒收錢！」我媽不以為然，一手扠腰，一手拿著鐵鏟，義憤地從廚房奔向客廳擋住電視機螢幕自顧自的比畫，「那樣頂多算義診，義診犯法嗎？你有聽過義診犯法嗎？」

村裡人大多跟我媽一樣，半是感謝，半是猶疑。喜歡神父的人叫他活神仙，不喜歡他的叫他王祿仔仙。

*

升上國二這年，好多女同學都有暗戀或被暗戀的對像，宜靜也是，脫下制服換穿粉色系淑女款洋裝、迷你裙和船型高跟鞋，見了男生說話腔調立馬轉換，嗲聲嗲氣。我堂姊也忙著遞紙條，開發地下戀情。只有我，長久的，欠關注。尋常日子裡，我潦草的短褲、棉T、灰布鞋，騎我阿爸的老舊孔明車繞大街，廟裡來，教堂裡去，隨性隨意走躥，騙吃騙喝。少女快速發育的身軀，細胞、百骸蓬勃鼓脹，胃囊擴張成海量，食物需求孔急，每天，還是餓。

最大餓極時，我們新生粉料班同學作夥一起沿山路覓食，草叢裡的龍葵子、蛇莓、桑椹、百香果，飢不擇食。踅到柑仔坑的龍泉瀑布，大夥兒圍著潭邊，忍住一躍而下的衝動，望著清涼澄澈的潭水，難以置信裡頭居然潛伏無數嗜血螞蟥。敗興之餘，偶爾我們轉去偷摘阿福嬸家果園裡的芭樂，野生野長的龍眼，萬一沒碰上產季，也是生熟不計。

大抵暗路走多了，難免踢到鐵板。有次被阿福嬸雇請的工人發現，操起竹帚追打。慌亂之餘，邊拔腿往山下狂奔，邊囫圇塞滿一嘴巴，企圖湮滅罪證，驚覺這兩種半生熟水果交混唾液竟產生強烈噁爛的糞便味！齊齊衝進桂竹林，奔至小溪邊，蹲成一排嘔得眼淚鼻涕齊流。

我堂姊口袋裡掏出衛生紙，直接撕開，一個人分半張，「好加在，沒流鼻血。」

「蟲都掠完清完了，哪還流。看，肚子也平坦了。」

宜靜頓時校長上身，裝出戲謔毀人不倦的老學究腔調，「每條蟲都大小不一，象徵每個學生都獨特的，未來不可限量。」接著蹙起眉心，滿腹疑惑，問：「是安怎青瞑仙看得出我們二十年後的前途，卻看不到我們鼻子裡的蜈蜞？」

「他當然看不到。」拜託！

「我有看到，」該死的劉大龍倏然瞅向我，「我親眼看過妳鼻子裡那條，超大尾的。」

「你還不是一肚子的蛔蟲。」我一掌搧過去，他竟咧嘴呵呵呵，一股灰撲撲的傻勁，害我渾身發熱。

微微愕然，趕緊用傻笑掩飾慌亂。體內似乎悄悄進行一場小規模的時空穿越，像是由毛毛蟲羽化成蝶，但非格萊高爾從夢魘中醒來，發現自己變成了一隻巨大甲蟲的不得不，而是女孩轉骨長大人的懵懂與羞赧。

療程

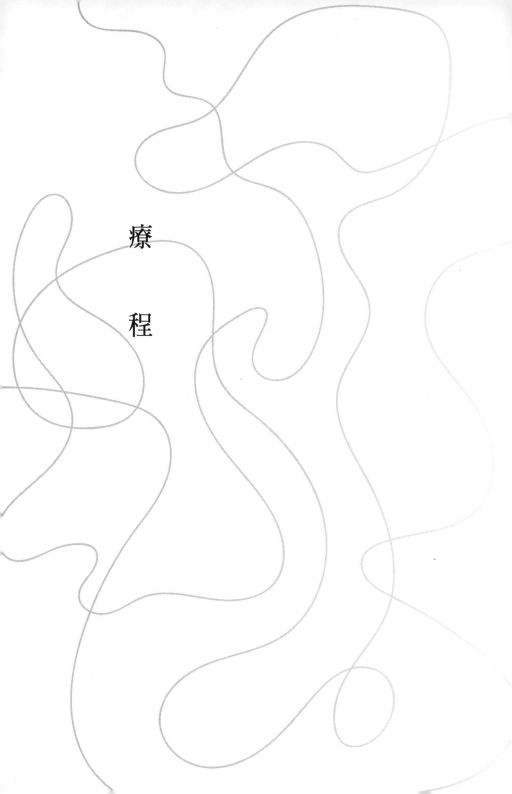

她站化妝室洗手檯前，觀察鏡子裡的李小葳，知道她確實承受著創傷，正經歷一場巨變後帶來的痛苦，但她解離了嗎？她清楚時光流逝，現實與虛幻，旁人，還有自己。如果精神分析夠科學，為什麼預期的症狀沒出現？

今天看診人數不若以往，窗台邊還有兩個空位。她將暗茶色拼花布包擱在大腿上，安靜落坐於精神科候診室，等候叫號。身上那件寬鬆褪色嚴重的海水藍罩衫，前胸後背皺得實在不像樣，丹寧七分褲褲腳也磨出髒髒的流蘇，乳白色船型鞋橫的、豎的鼠灰色摺痕密布。彰顯於外的樣貌在社會認知的標籤中鮮活立體，難怪旁人見了她滿是嫌棄。

散坐四圍，哪些是病患，哪些是家屬，輕易能辨別。有學生、阿伯、大嬸、上班族，也有一些看不出確切身分和年齡的，低首垂眉，或引頸張望，乍看都比電影《一念無明》裡的演員更入戲。她處在當中，開頭幾次覺得挺彆扭，慢慢就融入了，知道自己無論動機如何，仍是病人，沒有比其他患者正常多少。

趙醫師說，變態心理發展到較為嚴重時，就會成為精神病。焦慮、恐慌、躁鬱都屬於這個範疇。她不覺得自己變態，至少那個現象不曾困擾她。但人活於世，煩惱千絲萬縷，總要偶爾不正常才算正常吧？何況正不正常的標準是誰訂的？訂這標準的人就很正常嗎？DSM-5手冊（精神疾病診斷準則手冊）上頭提到的那些類型，誰沒經歷個幾項？所以，每個人應該都有成為瘋子的潛質？這讓她想起《天才在左，瘋子在右》提到的四維空間，人類只是蠕動的蟲子？三隻小豬其實是具備多重人格的個體？也許精神病患是先知，人們不了解他們，便以瘋癲為他們命名。

這陣子，她的潛意識裡時不時出現幾個幻想人物的靈——黑魔女、凱妮絲、艾莉亞・史塔克，影片中的厲害角色，各個武功高強。趙醫師說這種病又叫多重人格症，常與思覺失調症搞混，除了先天體質腦細胞功能可能比較脆弱，明顯特徵來自患者的病態人格，如妄念、遲緩、厭食或暴食，有意無意任外表邋裡邋遢也算。

每隔三、五個星期回診一次，填寫健康指數評量表，醫師會問她，最近睡得好嗎？還會幻聽幻覺？由她口述症狀，趙醫師透過聆聽，了解她的心理障礙起因，配合藥物，從她願意揭露的部分決定她是否「好轉」或「惡化」，要不要換藥或增減劑量，協助她重回正常生活軌道。

每次會談就像一趟心靈之旅，醫師想看清她的內心，她卻總是飄忽而跳躍，對周遭事物變化感覺遲頓，僵在椅子上，目光游移毫無溫度，整個人像被掏空了，根本無力回應醫護人員的詢問。這樣病情就太難掌握，誘導無效時，護士只好叫她填表格，憂鬱傾向篩檢量表、精神健康指標量表、生活滿意度量表、心身壓力反應量表、心情溫度計……內容五花八門，像小學生寫考卷，隨各人心情好壞，愛怎麼填怎麼填。

「你又來了，怎麼都說不聽？」護士拔高聲量，追著一位中年大叔推門而出。原來那位大叔什麼都不打勾，只在空白處畫了一隻烏龜和一坨大便，護士很生氣，警告他再這樣，就不給維他命C片吃。

維他命C片是很棒的安慰劑，酸酸甜甜。每次她簽完李小葳三個字，將量表和色筆雙手呈給護士，掌心就會被放上兩顆，她會迫不及待撕開塑膠包裝，含進嘴裡，露出愉悅秀麗的笑容。

「妳要多笑，笑起來很好看。」

護士這樣說她就不笑了。

媽媽剛聽說她去看精神科時，嚇一跳，再三追問，是精神有毛病，還是心理出問題？都有吧，她想。但是精神科可以開藥，心理諮商不開藥。身體有病，不吃藥怎麼會好？家屬通常比病患更有意見，更焦慮。

媽媽不知道精神科醫師開的藥，其實是強迫大腦關機錠，雖然不像電影《飛越杜鵑窩》裡的病患接受腦葉切除手術那般嚴重，但千憂解、萬憂停、利他能、氯氮平……，吃下以後，神智競相逃亡，行為能力不受控管，多半時候沉寂入眠，日夜無分，軀體變成一個龐大的氣囊，像是困在隧道裡的巨獸，進退兩難。當藥效漸退時，意識逐步甦醒，視窗仍斷斷續續或依然卡頓，十分渴望能親自到控制台重開系統，按下功能列表中的進階，設定，將對人腦最佳方式調整至最佳效能，然後，套用，所有雜質一概掃除。

但，不可能。

門上紅燈亮起，五號了，她掛七號，來早了，至少要等半個鐘頭。她喜歡提早來，利用下午開工前，來聽別人說話，每道短促微弱的星芒、沒什麼表情的表情都不放過。許多病患跟她一樣，早早來等，等待是精神病患者的日常。貌似被異形入侵，其實是多巴胺淹沒了大腦，隨時隨地當機，很難找到工作，即便有工作也承擔不起壓力，人生彷彿不再有重要急需處理的事。

他們這一科的病患通常不會低聲交談，也不會適可而止。昨天飛碟來了嗎？外星人在夢裡跟你說什麼？我其實是個大富翁……。在這裡，儀式感和規範一籮筐，但也肆無忌憚，對於瘋狂、慾念、逼近的鬼怪，都放任而包容，現實的多種幻覺，都能在合宜角落找到安身之處。從醫學角度看，都很正常，都是拉不直的問號，畫不成圓的句點，都是不安分的靈魂。

而靈魂不開口，開口都旁人。

「我女兒是從省立醫院轉來的，那個醫生一天看一百二十五個病人，聽我講不到幾句話，就被護士請出門，有夠誇張。」

「以前那醫生，每次開藥都一樣，四個月害我兒子胖了十公斤。」

「我的醫生一直跟我算點數，三百一十八點加一百點，再加調劑費什麼的，一直欸，說精神科很難賺。啊又不是我叫他去當的，說得好像我害他。」

還是這裡好。大家最後的結論總是這一句。潔淨明亮的空間，燈光柔和，淡淡清潔劑的香味與輕快的音樂交融。矮櫃上還有魚缸造景，書架擺滿各式雜誌和書籍。她每次都要忍住伸手去拿的衝動。當然，她並不清楚精神患者愛讀書算不算異常。

趙醫師是名醫，沒有提前預約，絕不可能當天掛到號。不用特別花心思去查他的資料，網路上關於他的佳評如潮，學經歷都是一流的。國立大學醫學系畢業、國立大學管理學院醫療資訊管理學系博士、教學醫院精神部住院醫師、主治醫師……。剛開始，她很困惑，天天吃滿漢全席、人生幸福指數爆表的人，能了解精神病患的苦楚，不就像天上雲霓懂得塵土的卑微一樣，不可思議？

要不是發生那件殺警案，他受聘為凶手精神鑑定，導致法官依他的報告做出無罪判決，引發社會大眾譁然，他這輩子大概永遠不可能體會平凡人類三不五時被質疑、責難、謾罵，連發抖、出汗、咬個指甲都被笑虧很有病的各種委屈。

五號出來了，六號進去了。五號朝她擠擠眼，像在打暗號，他們雖然才見過一兩次面，已經可以算是朋友了，足以產生命運共同體的錯覺。她禮貌地回以薄薄一笑。每次診療時間約三十分鐘，五分鐘閒聊廢話（護士解釋，那是為了打開患者封閉的內心），十分鐘身心評估，十分鐘填問卷，兩分鐘安慰鼓勵，一分鐘開藥，完成。不太嚴重的話，十到十二次可以走完一個療程，嚴重的，拖兩三年，甚至一輩子也有可能。

她算是比較柔順的病人，配合度達百分八十。即使她酷愛虛構病徵，不肯坦白隱疾。

趙醫師四十多歲，體態維持良好因此看上去比同齡的中年男子要年輕許多。慣常綻出一朵大大的沒太多感情含量的笑容，派兩邊魚尾紋擠在一起打招呼，睿智的眼神彷彿可以穿透她的腦門直探心靈，無論她的回答多麼無厘頭，也總不慍不火。

坐鐵椅上的她雙肩低垂，胸口內縮，背微微駝起，長髮散亂遮去半邊臉龐，一手把玩桌上的色筆。

「為什麼這麼久沒來？」

上次回診是一月八號，現在都三月中了。

「有人不讓我來。」

「誰？」

「不知道。那個人一直在我耳朵邊嘀嘀咕咕，可能是白鬼。」

趙醫師神情微愕，「妳最近有看電視影集？」

她點點頭。「《冰與火之歌》，很好看，裡面好多死人。」

趙醫師快速皺了下眉頭，綻開，自以為掩飾得很好。

「年底有去投票嗎？選市長？」

「李小葳有去！」

「妳投票給他的人當選了？」

沒反應。

趙醫師再問一次：「李小葳投票給他的人當選了嗎？」

點點頭。

「最近有什開心的事？可以跟我分享嗎？」

她咬著下唇想很久，忽然抬頭問：「為什麼我不能自己搭高鐵去南部？」

第一次進到診間來，她滿失望的。對於門裡的這個地方，她和許多人一樣充滿想像。但它和電影、電視裡演的一點都不像，沒有舒適斜靠能伸長兩腿的貴妃椅，有趣的催眠道具，更沒有陣陣薰香能安定心神的精油飄散。這裡只有兩牆的鐵櫃，資料一大堆。醫師座椅旁還有一扇遇到高暴力患者時，可以隨時拔腿逃命的暗門，她來第二次就發現了。聽說辦公桌下方還安裝警鈴，只是她一直瞄不到。

「這陣子覺得怎樣？有天天洗澡嗎？」

她低頭搖了搖，突然睜大眼，「不能洗，洗澡的時候有人會來殺我。」意識到她身上散發出難聞的體味，抱歉地把衣服拉緊揪到小腹處扭攪，像個做錯事的孩子。

趙醫師一口氣提上來，不動聲色壓下去。不甚寬敞的診間，充斥她濃烈的體味，這種因人類白血球抗原不同所散發的特殊體味，一開始頗困擾他，但很快的，幾乎不到幾分鐘的時間，他居然就適應了。

第一次在法院見到趙醫師時，她就對他印象深刻，特別在法官問他，為何醫院那麼多精神科醫師，卻是由他作鑑定時，他背脊挺直，端凝，自滿躊躇的說，因為他很優秀而且經驗豐富。

趙醫師用原子筆一端撥開她的長髮，讓她露出明亮的眼。兩人目光交會的剎那，他不無疑惑。比他的疑惑更快的是她轉瞬空洞的瞳。接著她斷斷續續，邏輯錯置、重複的應答，對問題僅能提供片段資訊，時而咬牙傻笑，完全掩去他以為看到的那抹慧黠。

「那個跟你說話的聲音，還告訴妳什麼？」

「他說殺人很好玩。」

「妳指的是影集裡的情節？」

「不是。」她篤定否認，渙散的目光霎時聚攏，眼珠瞠圓瞠大，直接就是有病的人才有的樣子。「人都蟲子變的，蠕來蠕去，很礙眼，統統殺掉。」

「殺人是犯法的，要坐牢哦！」

儘管趙醫師語音輕柔，她還是暴怒了，位於震央的大腦激烈搖晃，按捺不住從椅子上跳起來，猛拍桌面，掃掉桌上一半的文件。根據護士事後描述，簡直像魔神仔附身的乩童。

問診結束後，趙醫師在她評量表寫上「思覺失調」，智力九十六。

如果提出申請，她將在一個半月後得到精神障礙證明以及手冊，獲得政府每個月發放的生活津貼，還有各項補助，以便延續精神患者漫長、艱澀的生命旅程。

「好好人，怎麼突然生病了？」媽媽百般不解，無助又無力，希望她能自己趕快好起來，別又來拖累她。

「妳就是抗壓性太差，又想太多，才會無緣無故生病。」親戚們加進來指責她。「妳媽最可憐，照顧她是妳的責任，聽到沒？書都讀到背上去！」或者提供一些鄉野傳奇偏方。「會不會是中邪還是卡到陰？要不要帶去廟裡給人收驚？」

她不常想起以前的事，想得最多的是年初弟弟在執勤中慘遭殺害，她們這個家就再也不成家了。媽媽不斷哭喊「只剩我一人，只剩我一人」，那她呢？她一直陪伴在身旁呀！弟弟的案子每次開庭，她一定陪父親坐在旁聽席，陪著一次又一次悚然於螢幕上弟弟被殺的過程，憤怒凶嫌的律師引用法條替他辯駁、脫罪，切齒於趙醫師的專業解說，聆聽法官無罪判決後的挫敗與無奈。這些，她從來沒有一次缺席。

為何不止她媽媽，所有人都忽視她的存在和她的悲傷？

難道是她極度克制不動聲色的哀楚，為自己打上馬賽克，因此淡出眾人關切的目光？

噩耗來臨，誰都沒有心理準備，像有人突然拿著鐵鎚瞄準顱心敲過來，頓化了所有知覺。在她開車飛速趕往醫院途中，車窗外每日重複的街景，以為它就是理所當然存在，不敢置信明媚春日，瞬間就風化成黑白；吵吵鬧鬧依然溫馨的家，只幾個鐘頭，坍塌了。

那天早上他們各自忙亂出門，上班前的短暫口角，如今成為揪心折磨的恨憾。弟弟趕著前往鄰縣出差，找不到他的隨充，發不動他的車子，氣呼呼責備她日子過得太廢，自私又不體恤人，將來誰要娶了她，準定死得很慘。

「最好是啦！你就不要比我早死。」

媽媽在廚房那頭扯開嗓門，吼過來，閉嘴！統統給我閉嘴。生雞蛋的沒，屙雞屎的有。沒本事賺錢養活自己只一張尖牙最厲害。

罵的當然是她。

誰家的孩子三不五時都嘛要上演一次胡攪蠻纏的戲碼，這樣的對話和爭執就像早餐喝粥配醬菜一般尋常。粥喝完了，氣也消了，日子照樣過。它不歸類於詛咒，也不該收納在報應裡，它僅僅是一句氣話完結前的語助詞，竟造成無邊的殺傷力，成為她背上的芒刺。她也不想東西拿到哪丟到哪，不想忙到三更半夜忘了關車燈導致電瓶沒電。但她身兼三份工作的斜槓人生，就是盲與忙。再熬一陣子，等她拿到學位，等她考取證照，等她成為專任老師。等她耗盡血汗和青春，一切都會好轉。但弟弟卻已等不及。人民保母的光環，為弱勢伸張正義的聖潔形象，都無法成為他的保護傘。

那天，她盯著電腦螢幕秀出的法院判決書，一字一句反覆閱讀，企圖讀懂那些專業術語，明白何謂「被害妄想症」？何謂「思覺失調，不能辨識行為違法」？一個五十多歲，有工作，有老婆的壯年男子，卻不能辨識殺人的行為是違法的？長串電腦列印出來的新細明體如千把飛刀，朝她胸口射過來。她也跟媽媽一樣痛不欲生的呀！

夜裡，她躺在床上，望著窗外烏雲湧現輾轉反側，一股悲壯，所有悔恨化為暴力。一定沒人相信，從小軟弱、頹唐如她，也會憤怒到給自己一把普羅米修斯之火，照見肉體凡胎無法窺見的黑暗面。

她盯著《權力遊戲》的血腥場景，就著布偶娃娃模擬過無數次，要把一個人穿心、斬首、割喉、砸爛，都太難了。她沒有孔武蠻力，甚至連殺氣騰騰的目光都擠不出來。最慘的是她沒有辦法漠視生命，她太正常了。可惡！她必須想別的辦法，替弟弟討回公道，讓自己不必扛著罪孽深重的殼日夜煎熬。她到圖書館爬文，上網搜尋，想過各種報復的可能。

一九七二年，美國史丹福大學心理學系教授大衛・羅森漢恩（David L. Rosenhan），曾進行一項假病人實驗。讓他的學生偽裝成病人，長時間不洗澡、不刮鬍子、不刷牙等等，把自己搞得越邋遢越好，在不正常的外表下，接受精神病醫生診斷，吐露他們幻聽嚴重，一直聽到「砰、砰、砰」的聲響。結果，八人被確診為精神官能症，其中七人為精神分裂，一人為狂躁抑鬱症，全部送進精神病院治療。

原來，精神病是可以佯裝的。

她每天看著母親傷心落淚，每天每天，她不知怎麼安慰一個將所有希望寄託在獨子身上的老母親，不知道做為姊姊該當如何悲傷才符合世俗需求。她曾經希望死的是自己，也許，媽媽就不會那麼難過。

警察屬第六類高危險職業，很難買到「職業無憂意外險」，如果真的要買，保費會比其他類貴很多。幾年前爸爸替他們買保險的時候，那位南山人壽的業務員就是這麼說的。弟弟說他不用意外險，他怎麼可能出意外，從來都是姊姊搞飛機，害他背黑鍋或蹚渾水的呀！姊弟倆相差足足三歲半，國小上學第一天就幫忙揍扁隔壁桌那個老捉弄人的臭男生。上國中以後，弟弟成了家裡的苦力，承擔所有吃重的工作，耐煩耐操。

每次去看趙醫師，她都覺得弟弟的魂魄飄浮在上空，一路尾隨，譏笑她太傻，即使將凶手推向祭壇，這世間也不會因此改變，他也活不過來，不必拿他人的過錯、體制的過錯來為難自己。

妳聽，「風依然在森林裡呼嘯，不曾為誰的委屈招魂。」

但她怎麼能讓凶手逍遙法外？不是算了，是要算，把一切算清楚，誰該負責，怎麼負責，不容許模糊地帶。她想證明精神鑑定也可能被操弄。而更重要的是她病了，佯裝病人太難，她直接成為病人。

拿好藥，現在趕去補習班，剛好接上五點零五分，上完第八節放學的高二生。李小葳在文化二路加油站加滿油，車子停化妝室外頭，拎著布包走進去，幾分鐘後，煥然一新坐回弟弟的 LIVINA。她不是在玩變裝遊戲，是還回她自己，符合補習班對英文老師兼班導師的要求，白淨整齊。

然而，焦慮和躁動說來就來，離去的時段也是不明不白。工作場合，為了隱藏，她卻是每天像在演戲，提心吊膽。

來這裡補習的學生，八成以上是附近知名私校，家境富裕，包括趙醫師的兒子趙俊麟。上課還刻意抹上髮蠟，穿 Off white 上衣，Nike 球鞋，想是為了把妹。他們這個班一直很異人館，歐美時尚或影視圈一陣風掃過來，就泡泡襪配短褲、黑眼圈、假睫毛、舌環鼻環、染白綠髮遮半張臉。有時她會錯覺，這個世界其實就是個瘋人院。

此刻，她站在教室唯一的窗前，等候學生姍姍來遲。瘦長的趙俊麟，瞇著眼吊兒郎當，整張臉靠過來，幾乎擦上她臉頰。最後一堂體育課，爆表的汗酸味，像生化武器，直接攻擊她的口鼻。

「想幹麼？」

「親一個。」他涎著賴皮嘴角，孵出壞壞的笑，挑逗她。

趙醫師知道他兒子連補習班老師都敢撩嗎？其實是她起的頭，她心存不軌，以敗壞的人性。該有的師道擱進暫存記憶體，理智是早早就亡佚了。

趙俊麟垂在大腿外側的手故意碰觸、糾纏她的小指頭。暗示得這麼明顯？相差十歲，她要真的栽進去，法院會判她誘拐未成年少男的罪？還是因她思覺失調，只要強制就醫？

她終究沒有去申請身心障礙手冊，那不是她的目的。但她和趙俊麟約會了。

精神疾患的主要症狀當中，除了食慾和日常生活的興趣下降之外，當然包含性功能下降，不過，也可能是性強迫症。佛洛依德稱之為原欲，很容易理解，一個人最初的欲望。趙醫師說，原欲就像一條水源豐沛的河流，一旦阻塞，即容易產生性變態，精神患者的性衝動與變態相對嚴重，滿足需求是疏導原欲的必然途徑。

她和趙俊麟手牽手，在酣暢甜膩的火車站附近鑽探，發現這間緊挨著夜店，腳步快些就忽略掉的內巷隱密的旅棧。兩人並肩躺在軟得彷彿流沙的彈簧床上，沒脫掉衣服，不急著做愛，四隻眼睛齊齊朝ＰＶＣ彩繪著迷離星河圖的天花板盯了許久，然後面對面，研究對方黑瞳裡的祕密。

她從沒認真設想過這一刻，真正的意圖，連她自己也無法確定。正義不被法律伸張，被害者家屬不想面對憐憫，但情感必須有個去處。

法官判決後，她像一隻無頭蒼蠅更像遊魂，發狂查出趙醫師的班表，算準他下班的時間，等候在醫院停車場，看著白袍白襯衫黑長褲拎著皮革公事包，挺拔身影昂首走向簇新驕奢的進口車。完全社會化理性的自然人，穩健的步伐踏向哪裡哪裡就開出一朵蓮花，一隻腳重踩的力度便足夠毀掉你整座保壘。看著他側身安置駕駛座發動引擎，宛若可以看見弟弟的魂魄被氣缸暴出的煙塵擊潰飛散。

她對著趙醫師投射過去的眸，不只有質疑的光，還有怨責的芒。在心裡悄悄放養一頭可怕的獸，那獸，帶她找到趙醫師的家，趙醫師的家人，趙醫師的兒子。和弟弟一樣，趙俊麟也是家中的獨子，是父母所有冀望所在。

她知道，自己沒有犯罪的意圖，是罪過找上她。小花鹿慘遭凶猛獵豹窮追不捨，逃不了，就必須勇敢面對。她不怕被撲殺、噬咬。生命旅途忽然起了這場濃霧，她找不到出路，只有盲目揮動雙臂奮力一搏。

「你不回家，會不會挨罵？」

「我哪天不挨罵？」趙俊麟渴望被當成大人，在不缺少零用錢的時候。

「明天回去，怎麼跟父母解釋？」

「解釋什麼？」趙俊麟把臉埋進她胸口。

「跟誰在一起，都做了什麼？你會跟他們提起我嗎？」男人的氣息並沒有撩起她的性慾。不正常反應。

「開玩笑！我又不是神經病。」

「萬一我是呢？」

「是什麼？」

「神經病。」

趙俊麟一陣暴笑，伸手撫摸她嫣頰，手指滑向她的頸子，試探她鎖骨下方柔軟的胸脯。

「其實，如果妳想，我們也可以來一下。」

「怎麼知道我不想？」她兩眼濕潤，情感自然流露。

「廢話。妳失戀那麼久，全班同學都知道。嘿！我不趁人之危，也不食嗟來食的哦！」

「失戀？」

「對啊！除了男朋友劈腿，誰會失魂落魄成那樣，表現超明顯的，以為人家都不知道？」趙俊麟大氣的擁抱她，安慰她：「哭吧！肩膀借妳。雖然我也是渣男，但我不傷害好女人。」

充滿友善的懷抱不再情色，這傢伙平日濫情得像隻交配期的公雞，這一刻居然一點也不男人。她拉出兩人的距離，盯著他犢羊的眉目，十分感動。

深夜的旅棧，流金溢彩在布帘拉不緊密的玻璃窗繚繞，跑馬霓虹閃閃爍爍。趙俊麟哼起陳奕迅的〈愛情轉移〉，牽她手起來跳舞，盤腿沙發上看影集，啃玉米片，喝難喝的氣泡酒，抱枕丟來丟去，上演她和弟弟週末晚上耍廢時的全部把戲，吉祥如意猶似家人。

她想起弟弟，想起一年九個月的堅強和隱忍，心湖洶湧地恨起來。

「妳為什麼又哭？」

她盯著趙俊麟，告訴他弟弟的死，殺害他的凶手，精神醫師的鑑定證明。淚水一顆顆浮出眼眶，突然崩潰，號啕大哭，像在弟弟的靈堂前媽媽哭得撕心裂肺那樣。

那陣子，她經常半夜惶惶起身，揪心等待隔牆的哭聲因疲累逐漸終止。媽媽不肯收起弟弟的衣服、鞋襪、手機和日用品，藉以睹物思人。出殯後，她打開弟弟的房間，觸摸他的制服，制服上的徽章，破損的手槍皮套，眼前光亮遮黑，像在階梯中突然踩空，陷入無邊漆暗的幽谷。

趙俊麟說他累了，床頭櫃的液晶顯示鐘標示凌晨三點二十五分。哭腫兩眼，卻整夜沒有睡意。她掏出趙俊麟的手機，找到趙醫師的號碼，傳給他一則訊息，告訴他：你兒子在我手上，我是李小葳。再詳細註加地址。

他會報警嗎？會通知媒體讓自己再度鬧上新聞版面嗎？

她氣餒自己智商平庸，大抵和那個殺害弟弟的凶手一樣，沒有賣弄聰明的能力，想不出一套完整的報復計畫和手段。

原來她很正常。

背包裡掏出預藏的水果刀，緊握掌心，並不確定它能幹麼。

熟睡的趙俊麟一張大孩子的純真臉龐，她弟弟也曾經有過。但弟弟慘死，他卻幸福快樂。憑什麼？她努力召喚長久盤據潛意識中的第二個自己、第三個自己，那些邊緣人格，黑魔女、凱妮絲、艾莉亞和李小葳，哪個都好，快出來血刃仇敵。

真奇怪，她勃勃的怒氣竟然消散了，覺得身旁躺著的可愛男生該好好被愛被疼惜，像梅菲瑟看著奧羅拉公主、像凱妮絲自願代替妹妹成為貢品，心裡莫名生出慈悲。

趙醫師應該在二十分鐘左右趕到，她是不是得做點準備？例如把頭髮弄亂，嘴角淌些口水，目光痴呆是一定要的。找什麼藉口好呢？有人叫我綁架你兒子？耳邊不時響起吵嘈聲？邪靈教唆我要搞就搞大的？不行，這樣病識感太重，不像瘋子，妄想與幻覺都該來自無意識，欠缺辨識能力，因而能做出不該做不被允許的事情。

三點三十六分，比她預計的時間足足提早九分鐘，開得有夠快，不怕出車禍嗎？

深夜不值班的趙醫師依然瀟灑體面，白棉 T，泛白 Levis 搭配勃肯鞋，十足雅痞。

「陳蕙娟？」

「我是李小葳！」

「好，不要激動，有話慢慢說。」趙醫師小心翼翼的聲音裡連喘促都飽含驚恐。

她衝他一笑，不是典型病態的憨呆。惱怒他居然沒報警，沒把她放眼裡，一個人前來。知道精神病患不能受刺激，立刻拋出專業口吻和修辭，安撫她。陡見她長髮挽起，細頸托住白皙蛋型臉，目光深邃含斂，蓄著某種全新的、正常的深意，一整個漂亮的陌生女子。頓時，像有人丟了一顆石頭，盪出他滿臉波紋。

兒子就躺在她身旁，露出被子外頭的眉目，香甜，平穩，四肢安置在 New Balance 淺綠運動汗衫、運動短褲裡，沒有呼救的異狀。

「你要不要到法院告我誘拐你兒子，圖謀不軌？」她不演了，密長睫毛覆著黑伶伶的眸，每一道目光都犀利，尤其是手上那把晃來晃去的小刀。

趙醫師沒有口拙的時候，即使喉嚨卡著一顆滷蛋，也能滔滔不絕。

「我認識的蕙娟從來不傷害人，蕙娟是溫和而且善良的，願意原諒所有人，卻不肯原諒自己。」

「不！我是李小葳，我是李小葳！」她陡地暴氣，覺得趙醫師真的很過分，刀尖指著趙俊麟的腹部比畫。「你看清楚，我弟，李小彬，就是在這裡和這裡被刺開兩刀，鮮血流了一地，臟器三分之二外露。要不要我表演給你看？」

「蕙娟不會這樣做。」趙醫師緩緩靠近她，「蕙娟的弟弟因為車禍喪生，肇事者無照駕駛又超速，那不是妳的錯。」

她微張的兩片唇莫名抖動起來，處理資訊延遲數秒鐘的眼珠子不安地左右滑動，目光多慮多疑。「那李小葳呢？」

「她在家裡，陪她的小孩，記得嗎？她有兩個孩子，是妳高中同學，妳們是最要好的朋友，記得嗎？」

彷彿思索了一世紀那麼長，她才悽傷地問：「如果我把你兒子殺了，你會平靜的告訴法官，你覺得我沒有辦法控制自己，不知道自己在做什麼嗎？如果我被判無罪，你也會坦然接受，覺得原該如此？」

「我會求妳，不要那樣做。」趙醫師輕輕執起她的手，拿下她手裡的水果刀。第一次，趙醫師看著她的眼睛裡沒有氾濫到足以成災的睿智，沒有耐心耗竭的疲憊感，願意好好接住她拋出去的球。

她很滿意，覺得他終於變回正常人類。彎身抓起背包，跨出房門如跨過一座橋，門外冷風撲面而來，她顫抖著手往背包裡拿出一件白色棉布襯衫披上，豎起領子，遮住她光裸的頸，像遮住一個傷口。

趙醫師的嗓音從背後追上來，「蕙娟，明天記得回診。」

（本文榮獲二〇二一年鍾肇政文學獎短篇小說正獎）

畜感

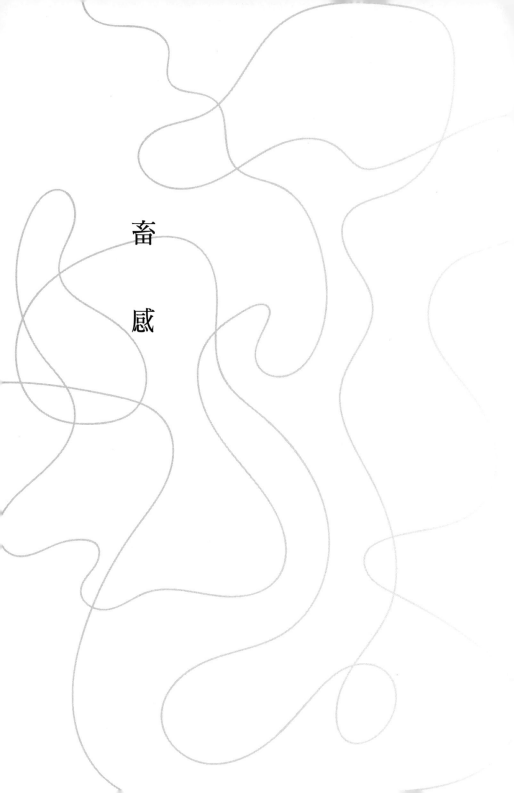

眼前景象彷彿黑鶴小說《叼狼》裡所描述的北方。荒原漫草叢生，蒼鷹與大雁凌空翱翔，看似天廣野闊，卻見牧羊犬來回追趕嗥吠，不時突撲向前威嚇，活動範圍遭強力限縮於窄促的一方土地。

他不輕易屈服，奮力狂奔，企圖殺出重圍，期間偶有同伴受到鼓舞，加入反動行列，然一旦狺狺欺近，馬上又裹足畏縮。

禁不起長時間對峙，他喘促氣竭，步履顛躓傾斜的角度擴大，精神跟著渙散，放棄用腦袋思考問題，情緒萎靡，臨著坡崖寒風處的身軀逐寸逐寸畜化，終至黯然接受被圈養的事實。

見他頹然棄守，柵欄外的牧羊犬得意非常，躥上躍下，自以為武警，享受著高羊一等的待遇，絲毫沒察覺很久以前就先自我矮化、役化與僵化，此刻賸餘的只是卑微等候差遣，經年寄生在羊群的血汗裡，模糊的五官像浸泡暗房顯影劑裡的負片，波紋中線條徐緩清晰，稜角展現，八顆門牙，一張滿足工作需求連自己都難以置信的馴服笑容。

揉揉眼睛，他召回擅自開小差的神魂，切換畫面回到工作網頁，反覆檢視重新提案的內容，第七版本，角度宏觀，條理分明，無錯字，無可挑剔。

送出。

因長時間伏案，睡眠嚴重不足，渾身筋骨肌肉痠痛，醫生診斷罹患了上交叉症候群。X光看起來還算正常，只空隙較小，頸椎連向脊椎的弧度不那麼漂亮。再三交代，工作時記得靠腰，坐滿，每四十分鐘起來走動走動。

五年來，他從消炎止痛藥，一路吃到肌肉鬆弛劑，自我警醒須堅守工作崗位，認真賺取醫藥費，防堵病情惡化。

臨上床時，他荒謬地想起陸劇《我愛我家》一張葛優躺著的劇照。葛優飾演頹唐的二混子，產能偏低，對待自己卻手段慷慨，自詡古代的英雄豪傑，邊幅不修，賴朋友家蹭吃蹭喝蹭住，慵懶癱躺沙發的表情包超然物外，無牽掛。算得上是「躺平」一族的開山鼻祖，讓人羨慕。

可惜他沒那命，更沒那臉皮。他是妥妥的八〇後，父母逢人就誇，驕傲滿載，上司得力的左右膀，同事信賴的好夥伴，是特別為了提高生產效能而誕生，耐操耐磨的類機器人，即使睡著了也不奢求安身，情緒依然勞動。

「你要想辦法提升感染力、影響力與服務熱忱，否則將造成公司的業績瓶頸。當初聘用你，就是希望你成為種子，能夠快速茁壯，結出珍貴的富士蘋果。」副總自以為傑克，強迫他必須是一顆魔豆。

「你這個職位有一百多人擠破頭想爭取吶！具備高度危機感，必須的。」部門經理也時不時梅姨上身，奴隸他如安．海瑟薇，天天要求超時加班，證明自身存在的價值。而他還要氣度恢弘地拈花一笑。

燕雀究竟對不起誰了？為何要隨波逐流當鴻鵠？為何他不能只做好份內事，時間到了就下班，領合理薪水地「安靜離職」？

每當微薄的血淚酬勞快速侵蝕貧脊的生命時，他就覺得惟馬雲是知己——

「錢，沒給到位；心，委屈了。」

為了避免漏接重要訊息，熄燈前，再次打開 LINE，點擊右上角的齒輪，設定，往下移動到「通話」，將語音通話功能、整合通話功能及整合至通話紀錄，全部打開，選取更換鈴聲的對象——「經理」。再點選右邊的藍色立體「i」符號，新增至聯絡人，下移到社群網站個人檔案，把選項更改為「Flickr」，接著上滑到「鈴聲」，預設。

翻來覆去，輾轉近一小時，大腦裡的松果體尚未轉化血清素為褪黑素，好啟動睡眠生物鐘荷爾蒙，特別設定的鈴聲搶先響起。

經理回傳：

我看了你再三修改的營銷計畫，覺得還是第一版本好。

週五的例行會議桌上，一如往常腦力激盪，數小時，他乖乖依照第一版本報告完，副總已按耐不住怒火，臉超臭，眾皆惶恐。睿智的經理照例掐好時間靈光乍現，提出一個與他幾無二致的觀點，第七版本。副總一槌定音後，整個部門都在讚嘆那個天才似的 idea。金邊眼鏡原已放大經理奸佞的心思，現在更張顯那狡猾的凸三白。

他癱軟椅子上，像隻敗下陣來的老鬣狗，殘喘，頹喪，乾瞪眼前方三公尺處的傢伙露出得意的獠牙。

這天起，往後的每個日子，對他而言，苟延和消亡是同一件事了。

人資每季為員工評估身心，正負面情緒、投入感、人際關係……，他只記得最後一題：你工作時感覺多寂寞？

低於均值七分，拉警報！

據說，日本人發明了一款睡眠膠囊，工作累了可以在辦公室直接站著睡。無法成為野獸始終覺得心好累的他，也許該去買一個，以後就不用付房租，省下交通費，甚至不需要一份像樣的工作，隨時隨地安眠，不必牛馬似的賣命到入土。

「你上班是為了練身體搞休閒嗎？不願被壓榨就勇敢拒絕，堅持或放棄，你還是有選擇的。」

「抱怨兩句而已。」

「女朋友還在吧？」

「就剩她了。」

「那證明你還不夠拚命，至少還不夠拚到一個主管缺。」

越來越少的朋友，再也不肯婉轉鼓勵，每句話都單刀直入，企圖一秒鐘讓他看清事實。

其實應該就是看得太透才會罹患睡眠障礙。醫師對他的睡眠質素測試，結果只得到一隻小棉羊，差評。三隻或以上為佳。

一如往常，睡眠驅力的嗜睡感依然濃厚，生理時鐘已來到日出而作模式，眼皮裂開一小縫，無法完全遮閉的窗簾外仍暗濛濛。他不想開燈看時間，不想中斷大腦分泌的褪黑素。接連加班五天，他需要補眠。媒體報導，回籠覺會讓體內分泌大量的抗壓激素，能平靜心情，產生幸福感。他不幸福很久了。翻身抱緊棉被，強迫大腦休眠，然後，鬧鐘響了。床頭櫃上摸到手機，飛速按掉，四點半。

頹坐床沿，亮燈，一室的生活殘局無從遁逃，除了頂樓加壓馬達的聲響，周遭安靜到能追憶方才夢境裡的細節，讓他更加篤定，根本沒有所謂從惡夢中醒來這種事，因為整個世界就是場惡夢。陡然燦亮的手機屏幕提醒，手腳要快，十五分鐘後必須上路。

看似廢廢的他，其實胸有大志，只不擅長掌控時間，導致業績稍稍落後，部門經理逮住機會輾壓他，分配給他的都難搞的客戶，將他座位移往辦公室最邊陲的富貴角，下班了還狂傳 LINE 交辦公事，夜裡十一點要求開視訊會議，連假日的回籠覺，這等庸俗微末小事也給一併沒收。

在他尚未意識到問題的嚴重性前，同梯進來的誰誰誰已先後攀爬至副理、主任的寶座，剩下他還在水裡載浮載沉。冷水煮青蛙喲！副總三天兩頭提著水壺澆他天靈蓋，要求他快馬加鞭。

「對不起，我錯了。」開口先悔過，是他長久培養的職場生存姿態。

「廖老闆這個案子，是我努力幫你爭取的機會，拚了命也要完成，不要造成大家的困擾，對不起公司。」

眼前閃過一根紅蘿蔔，歪斜躺地板，上頭彷彿還沾著髒污的黑泥巴。

總是孜孜矻矻的呀！焚毀的青春與形體足可繼張愛玲之後再寫出一本燼餘錄。他自信對得起公司，對得起薪水，對得起天地良心，唯一對不起的是自己。

「厭世之後還是要使勁打起精神喔！」女友不忘遞上一碗心靈雞湯，方寸間傳遞上來的訊息卻是軟弱的哀嚎。像午夜前，拎著垃圾到門外丟棄，心想，那麼近，不用帶鑰匙吧，欺負人的強風偏選這時候吹來，鐵門砰聲關上。

生活中滿是哭泣的理由，一公升的淚水哪夠。他每日拿老總的話刀子刺股，強迫自己去做一些從沒想過會做的事，例如打高爾夫球。

真不理解，怎麼有人肯天天摸黑起床，風雨無阻打小白球，特別那種人還不坐球車，全程走路。太晚開球，怕日曬，他可以理解。但清晨五點不到就站第一洞梯台上等曙光，好看清球的落點；全國球場走透透猶嫌不足，遠征海峽對岸，甚至東南亞，挑戰的難度越大越過癮。有事嗎？

催促自己快手快腳，將加了能量補充劑的礦泉水塞進球袋，帽子、頭巾、袖套先戴好，待會兒路過便利超商，再去買杯美式咖啡和飯團。例行一個人的早餐，在路上。

進公司頭幾年，他也曾經不能免俗地加入早C（coffee），晚A（alcohol）行列，活力充沛開始一天忙碌操勞，夜裡痲痺神經緩解十數小時的疲憊。自從加入球隊後，夜飲，戒了。逢勞動節及光棍日電商平台打折、特價促銷時，他也會上網搶購幾瓶益生菌、葉黃素、維他命B群，作為續命丸。

今天球隊採南北對抗，仿萊德盃，雙方各六名球員，前九洞四人兩球、後九洞捉對廝殺，兩日賽程濃縮成一天，誰先拿走五分就帶走勝利。

萊德是誰？

廖老闆傳訊息邀他參賽時，他腦海浮出大大的誇飾訊馬克，害怕被嘲笑，不好意思開口問。球齡六個月零三天，仍蹲在百桿俱樂部。若非副總軟硬兼施，允諾給予公關費報支，他是絕不可能花錢只為散步綠草地。

同事背地裡揶揄他，「賺著賣白菜的錢，操著賣白粉的心，很快可以靠著打小白球晉升上流，呵呵呵！」

世道就是這麼涼薄，明知他是為了搶訂單，不得不削尖了腦袋使絕招，陷入生存保衛戰的泥淖中，還酸他為公司做的犧牲不叫犧牲。最後與他產生共鳴，複寫社畜感言的，竟是按鐘點計酬的清潔阿姨。

「給我備分鑰匙幹麼啦？」她怒怒的嚷嚷：「貴重物品遺失就叫我賠，我賠得起嗎？我基本工資吃飯都有困難，為什麼要責任重大？」抱怨的口吻，聽起來好熟悉。

經理安慰他，人不招妒是庸材。誰知那以後，再沒人邀他團購，午餐時間，也不找他一起吃合菜了。

法律系畢業，他因故改念財經研究所。踏入職場後一直維持每週運動三、四次的好習慣，羽球、游泳、跑步，自認運動神經發達。頭次上練習場，無論如何使勁，那粒動也不動的球硬是飛不起來，而身旁的教練瀟灑揮臂，輕易擊出二百五十碼，在遠方畫出一道優美弧線，木桿直接敲向他的腦門，要求他對那顆不起眼的小白球脫下鴨舌帽致敬。

他谷歌搜尋，萊德盃重點不在萊德，在比賽規則。原來是比洞賽，一洞一洞比，贏球是贏了對手多少洞，而不是贏了多少桿。

夜裡看完「錢線百分百」，他仔細檢查所有裝備，球桿是最基本的。眼前這套球桿是給初學者用的入門款，副總認定腰臂肌耐力、協調性皆不足的人，才需要那種標榜3D波紋桿面科技，號稱能強勢集中擊球瞬間力道，高強度複合材質的球頭。他自己呢？他用的可是奢華感十足，日本名牌鍍金高反發木桿，一支的價錢抵上別人一整套。

記得上回在關西球場打球。「看過殺手級揮桿嗎？站後面點，待會兒記得眼睛張大。」身高一七三，體重八十八的副總，臀部寬突到不聽使喚，不肯領導下桿動作，右腳難以推離地面，使蠻力揮出——

歪了！

鄰近球道一名Caddy應聲慘嚎，滾地，雙手交握緊抱胸口。幸好，傷勢不重，否則就叫蓄意謀殺。

相較於副總的顯山露水殺很大，廖老闆就低調多了，儘管他也好為人師，但沉潛儒雅，教導新手，著重簡單提點和舉例說明。

「用釘子釘過木板嗎？一號木桿的原理就像快速揮動鎯頭，精準敲擊釘子，要用心感受，讓速度在最後一刻暴發。」

「握桿才是關鍵啦！」副總永遠口氣煩躁，「頭低下來只能看見戴手套那隻手的一個指關節。」

哪一指？

「把握正確時間點釋放力道，就能隨心所欲打出小左曲或小右曲。」

什麼曲？

他內心的小九九是「給我加薪，讓我休假，其餘免談！」

近年來，副總與執行長明裡暗裡互丟火把，怨怨相報。同事間拉幫結派，莫名被歸為副座人馬的他，由企劃部調往業務部，在他人生近乎卡關的這一年，意外地為他開啟另一扇窗。

那天，會議結束，他單獨被留下，進到成片玻璃落地窗能俯瞰半個台北夜景，整排書牆如菁英閱讀展示區的辦公室。

副總先籠統讚揚他一番，接著說：「想成功，就不能太要臉。」密布魚尾紋的兩眼閃爍著深奧的光芒。「你這個人吶，就太好說話，沒稜沒角像隻軟殼蟹，做業務，要的是衝鋒陷陣的霸氣。」

呃……他霎時腦袋打結。不是前一刻才嘉許他聰明機智又勤奮？現在是要他粗暴卑鄙一點的意思嗎？

「不是，」真像他肚裡的蛔蟲，即刻英明降下神喻：「是要你該硬的時候就硬起來幹，穿上禦敵的盔甲，豎起長刀，才能為公司千里征戰。我這樣說，你懂吧？」

不懂。他篤定點頭，像過往的每一天，違背自己的心意拒絕承認，對，他就是硬不起來，很久了。

他的目光一直離不開副總座位後方紅木書架上最邊邊那本和合版《聖經》，剛剛那段話就是裡頭的經文吧？若非保持柔軟身段，在一片肅殺的派閥批鬥競技場中，他還能存活到現在嗎？

副總表示他是虔誠的基督徒，時刻離不開聖靈教導，但開會罵人時髒話沒停過，辯解是為了無障礙溝通，與同仁拉近距離。他說，年少的他其實沒想過搞汽車金融，念的是大眾傳播，熱愛古今中外文學，在當年知名度頗高的光啟社擔任現場指導兼編劇，還得過金鐘獎，是很氣質的文青。會走進這一行，鎮日與銅臭為伍，乃因不得已，誰叫他老爸突然就中風了。

銅臭我可以！

他也好希望出生時「不得已」扭到「金蛋」。

最令人感到生無可戀的，是工作和生活界線越來越模糊，按部就班朝失控邁進。經理怪他不多角度學習，卻要他二十四小時待命，日復一日OT、OT、OT！

和女友都快變成了陌生人，是怎樣能從微量休閒的小氣孔榨出時間去進修？

不想等閒白了少年頭，所以他咬牙接下艱鉅任務，自我激勵，儘管為職場畜類等級，也該許願當孫悟空，練就十八般武藝，讓恐將悲切的前途翻篇。

一套球桿十四支，三木桿，十鐵桿和一支推桿。剛入門時，他認定打高球者皆虛偽土豪與老富商。上球場不許穿圓領衫，短褲、牛仔褲，要搭配專用球鞋；每張球證數百萬至千萬不等，打一場球開銷動輒三千台幣以上，耗費四小時，還不包括練習費用以及各種配備。

根本是貢盼仔！

多虧他生性隨和，好聊，即使一身廉價的路人甲，卻經常獲邀跟著會員上球場，都不知幫公司省下了多少開銷。

帶上兩盒球應該夠了，上回一顆進草叢，一顆掉水裡，三顆偷偷替副總作假球，差點搞到「失格」，超瞎的。

ALBA 雜誌常提到，球品如人品，打高球首重誠信，謙遜和禮貌兩相隨。副總都沒在看的。發球至關重要，若是沒開好，等於輸了一半。一般人沒開好，只會搖頭嘆息，下一桿再救回來；推桿沒進，回推，多計一桿也就是了。

但副總能是一般人嗎？

如果開球偏離，副總會加足力道再補一桿，然後硬拗，剛剛有人咳嗽，害他分神，前面那桿不算；球飛進樹林，不見了，老傢伙趁別人沒注意，悄悄從口袋拿出一顆新球，擱草地，裝沒事人繼續打。這時他便顯得過於龐大的存在，必須小心翼翼地呼吸，避免發出聲響，悄然移開雙眼，假裝正遙望夕暉絢爛的晚雲。

瞧，這是硬球，飛行距離遠，著重瞬間的爆發力。旋球，能在果嶺停頓，甚至進退自如，猶似奧運的體操選手，達到ＡＩ等級，是資深老鳥的稱手「武器」，相當於風暴戰斧之於雷神索爾。而混合球，顧名思義，即使初學者也能很好上手。

「至於你，」副總斜過半隻眼，促狹：「踩三輪車的水平，基本分不出球的好壞，挑最便宜的，或乾脆買二手滷蛋就行了。」

教練提點，無論哪種球，最好選擇單一球風、款式，勤加練習，如此才容易抓出訣竅。

對！千萬別像他老總，心猿意馬，一會兒熱塑彈性體，一會兒柔軟倒迴旋，自以為老虎伍茲，結果只學到賭氣暴粗口，把球桿扔進水塘。

作夢都能被副總迸出的太監嗓音驚醒。「Fuck！」

遇上此等慘況，他必須一面安撫，一面仿效中國一哥李昊桐偉大的母親，捲起褲管走進水裡替他把球桿撿回來。可人家李昊桐懂反省，事後忙在微博跟母親道歉，副總呢？還怪他多事，害他沒臉。

桿妹替他拍下照片——苦命社畜涉水救球桿。他放上IG，很快收集到七百一十五個愛心，增加一千五百多名的追蹤者。

英國小說家佩勒姆．伍德豪斯（Pelham Wodehouse）曾說，「想了解一個人的真實性情，就邀他打高爾夫球。」球場如牌桌，很容易測出一個人的EQ。能不能成為未來生意夥伴，走完十八洞就揭曉了。

副總還很好意思批評：「有些人打出臭球就各種脾氣上演，白白浪費廣袤的綠野好空氣。或者試揮七、八次仍猶豫不決，花大把時間深入斜坡草叢找球，不管不顧是否擔誤眾人時間。」

這說的是誰呢？好困惑。

今日賽程，雙方約定清晨六點開打。

眾人早已抵達球場，練推桿，暖身。

他因不熟悉路況，趕到球場遲了十來分鐘。喘息未止，先慚愧地向眾人致歉，沒得到諒解，鴨舌帽下方的黑瞳是冷淡的二十隻泉眼，競相擲往草地，或與天空厚厚的雨層雲交疊。特別官股銀行的賴經理，那小子跟他有仇似的，永遠面癱眼神死。他用力擠出的靦腆笑容整個破碎在嘴角。

匆匆站上T台，學山普拉斯豎起食指抹去小麥色額頭上和兩鬢的汗水，緩口氣，力求穩住心神。

球僮遞上一號桿，告訴他今天風從右側來，小心避開左邊的水塘，以及水塘兩側的沙坑。

雙腳比肩稍寬，下盤要文風不動如雕像，以輕鬆又違反人體工學的方式，逆著打。起桿試揮才發現，球 Tee 還沒擺上，急忙伸手進口袋裡掏，因動作過大，兩球標、一個方才超商店員找給他的銅板跟著滾出來，掉向腳旁草地上。

「不用急，球會乖乖躺著，它跑不掉。」廖老闆站在後方五公尺處，溫言如老爹。

公司安排他加入球隊，當然不是福利，乃額外工作，目的在打開社交網絡，結識三教九流，無需動用太多公關費，即能有效觸及目標客戶群。年初，業內盛傳廖老闆旗下的旅遊運輸公司，新進幾十部遊覽車，欲尋找貸款合作對象。副總像撿到寶，要求他全力圍捕，廖老闆的喜好憎惡，透露的訊息，跟哪些競爭對手接洽，對方開出什麼條件，連打噴嚏都要能及時遞上面紙。

「他在辦公室可能每三、五分鐘接一通電話，但在球場，他會收起手機，這三、四個小時你可以好好跟他談。記住，球不能打太爛，但絕對不要打得比廖老闆好。」事前重複叮嚀：「你要懂一點藝術，背幾個藝術家的名字，要懂酒，品酒。商務人士大多為了生意才去打球，但打球時絕不談生意。」

「那談什麼呢？」

「感情。感情到位，相互認可度才能提高。許多企業老闆，他們不跟你吃飯，但他們願意跟你打球。」

「萬一人家不肯跟我搏感情？」

「那就找出他的心頭好，誘他就範。像給鋼琴調音一樣，為廖老闆調出完美的合作條件。Make sure you are the key.」

他誠惶誠恐，「如果這筆生意攪黃了，我在公司的前途會有多大變化？」

「你的前途不要問別人，要靠自己的雙手去打拚。」那「氣口」，瞬間就老媽附身了，幾乎可以聞出他身上客家小炒的味道。

「用這種方式拿到生意，會不會太不擇手段？」

「重點不是你使了什麼手段，而是你的手段奏效了。」

手段這詞彙聽起來好邪惡。從辦公室玻璃窗望出去，夜色昏茫，華燈漩渦式綻亮，黑幕中打轉如水晶陀螺。他猜到副總的隱藏版台詞：就你能力差，績效始終吊車尾，不入虎穴，你去哪兒抓老虎？林沖不打虎，能算好漢嗎？

球場座落於大屯山西麓坡地，鄰近淡水河，與觀音山遙遙相對，全長六千六百五十碼，球道的設計主要隨著淡水的山坡地形起伏蜿蜒，高低落差相當大，加上兩側濃密的樹林與經常出現的OB（Out of Bonds）樁，沙坑、水道、裸露岩石與各式自然生態植被，所有細節都尊崇考量，挑戰性高。

清明連假頭一天，上山打球者眾，後方還有許多球隊等著，球場服務員不停催促，比預定時間遲了十五分鐘，隊友本已打算讓他棄權，或者來了也要罰兩桿，幸好廖老闆替他求情。

今年初，二二八假期一場友誼賽，他如願與廖老闆搭上線。

廖老闆六十上下，帶著成熟男人的穩健笑容，珠珍白POLO襯衫，雲灰色長褲，雪亮的耐奇螺旋硬釘高爾夫球鞋，厚棉白襪，成功企業家的挺拔英姿。鼻梁上方日積月累的曬痕，說明他時間、金錢掌控裕如，球場上肯定布滿他踩踏過的足跡。

那日，強烈冷氣團來襲，大陸西北旱漠的沙塵暴跟著肆虐。眾人站在第十三洞發球台前等候開球。忽然一陣強風吹來，將晶圓代工廠鄭廠長的假髮高高吹起，掉落在球道上。選手和圍觀的群眾莫不愕然噤聲。

望著尷尬的鄭廠長，他不知哪來的衝動，趕緊排眾而出，小跑步向前撿起假髮，舉臂揮向眾人，朗聲道：「大家注意！風是從東北東方向吹過來的，發球小心嘍！」

霎時，四周暴笑如雷。站在人群後方的廖老闆對他的臨機應變投以讚許的微笑。

球賽進行到第四洞，他們已經落後，因他的差勁表現。隊友都在為可能輸球感到焦慮，他的不夠焦慮，簡直要被萬箭穿心。

廖老闆像個救援投手，適時來到身旁。

「不要悶著頭追求遠距，一桿揮出三百碼，雖然很爽，但短桿犀利，推桿神準，更是致勝的關鍵。同樣是一桿，多少人在果嶺上炒米粉，洞口前三推、四推。職業高球界有句名言『Driver for show, putter for money.』聽過吧？球能進洞才是重點，其餘皆次要。」

「其實我無所謂一定要打多好。」

「Fine，你的敵人就你自己，打敗打贏都是你。」

行家抵達的高度果然與平凡小輩不同。像是受贈口傳祕笈，解鎖了他的邪阻心竅。開竅的時候非常歡欣，歡欣到自我反省起來，遇到困難不思解決急著放棄，放棄還找藉口，浪費公司資源，你有什麼立場說我無所謂？我不在乎？以後少在那邊。

瞄準，看前方。十八個小目標連成一個大標竿，球速越快，心則慢。

沉悶到讓人窒息的運動，晚春的蟲鳴俱寂，天地間彷彿剩下他一個人，和手上的一支長桿。

千辛萬苦上到果嶺，一推，進了。場內讚聲響起，連賴經理也擦掉訕笑、冷笑、皮笑肉不笑，與鄭廠長同時向他握拳、豎腕。

瞎貓碰上死耗子啦！他老早以前就患了冒牌者症候群，認定所有成功都屬僥倖而非實力。對自己口吐荊棘，他最會了。

球賽即將結束，目前雙方平手，最後一洞，決定勝負的關鍵，萊德盃最精采的一刻總發生在這時。對方留下一個五呎尷尬距離的推桿，若是推進，輸了沒話說，但推不進的可能性更高，他們就贏了。十一雙眼睛齊刷刷，緊迫盯球。天際灰雲低垂，要下雨了，鄭廠長站在球的後方比畫，猶猶豫豫。眼前，他有兩個贏球機會，第一，直接推進。第二，對手廖老闆說ＯＫ。由於是比洞分勝負，所以允許喊「ＯＫ」，算對方進洞。據說在適當的時機喊出ＯＫ，可以展現選手的運動家風度。但，誰在乎？

「ＯＫ.」

聽到廖老闆風度翩翩地喊出那兩個英文字母，像是晴天一道霹靂，天色烏溜溜地暗下來。隊友們搶在落雨前趕往House二樓餐廳，喝起啤酒。

「為什麼你要說ＯＫ？」刻意背對眾人，他抑著喉嚨精神散亂地問。

廖老闆斯斯文文從玻璃瓶拉出檸檬片。「最後一洞了嘛，如果對方今天輸球，鄭廠長就是頭號戰犯，會超鬱卒，而我們損失的，只是一場球賽。」

只是一場球賽？只是一次揮桿？只是一筆生意？當下他覺得自己與副總簡直弱爆了。

他想起《億萬》影集裡，投資公司邀請ＮＢＡ知名籃球教練對員工演講時提到，當你擁有足夠的財富，你就不再恐懼、焦慮，頭腦將更清晰，想法更出色，忽然之間成了海豹突擊隊，達成連你自己都瞠目結舌的盈利趴數。

廖老闆無異於那位高大尚的教練。他不自覺地將視角切換成小綿羊，拉開一個適合仰望的距離。好想為他上刀山下火海，跟他合唱馬修・麥康納的〈搥心歌〉：

老闆們，帶著錢來了，獵物進城了……

賽後他收集到八張名片，每張都大有來頭。

「雖說人脈就是錢脈，光收集名片是不夠的，如果你不夠出色，人脈就不值錢嘍。」酷愛馬後炮的經理，根本是幹話王。

懷著幾十天的鬼胎，他找盡機會，希望跟廖老闆單獨相處，卻不得其門，反倒是廖老闆先向他遞出橄欖枝。

「摸桿多久了？」

「半年多。」

「半年就能打出這水平，不簡單。」

他咧嘴傻笑簡單帶過，急急切入主題。「聽說廖老闆公司準備購入一批遊覽車？」說話時把握機會再遞一次名片，「我們公司最近有個相當優惠的貸款方案，利率低，可輕鬆分期，快速核准。」像怕說遲了生意就會被蟄伏球場角落的商業間諜搶走，他連逗點都不停頓，用心留意廖老闆轉瞬間的神色。

廖老闆微微吃驚。「哎呀！這個案子已經談給合潤，就差簽約了。」

霎時，清晨的寒風，正午的烈日與此刻的陰霾，排好隊，等著嘲笑他。覺得自己就像約翰·齊佛小說〈游泳的人〉裡那個尋找急流源頭的探險家，拚了老命找到的卻是一條乾枯的河床。

早先副總怎麼說的？你要嘛拿下訂單，要嘛給我滾。他究竟是得到了一次機會，還是被下套了？

回去怎麼跟家人跟女友解釋？我被登出了、我被優化了、我馬上要向社會輸送人才？公司將補償N＋3。

天空飄來的臃腫烏雲直接擦向頭皮，他像極了一隻被棄養的寵物，往後沒人提供住宿、餵食，前程好茫然，存活指數驟降為負。

接連幾星期，他小心閃躲副總和經理耳目，忍住同事三不五時畜心積慮的惡意，窩在角落辦公桌，悄悄拿出名片，一一撥打。

上交叉症候群的老症頭選在這時候接連發作，睡眠障礙益形嚴重。

季節無聲走往盛夏，乾澀又汗濕的兩眼逐漸寬廣，總看見大街上、車廂裡，背帆布包的、提公事包的，把握分秒查看傳進手機的交辦事項，或愁眉，或萎靡嘆息，即使扛著重擔駝行，也都活得很心安。

除了他。

不想 Quiet Quitting，卻充滿被 Quiet Firing 的危機感。

或許特別合拍，也或許因為沒將生意給他感到抱歉，廖老闆慷慨邀請他到家裡作客。位於內湖知名社區的大坪數豪宅，二十五高樓層，氣派的花崗岩外牆，大理石地板閃閃發亮，踩在上頭每跨出一步就好像洩漏了一點祕密。

在玄關處換上室內拖鞋，轉身才發現鄭廠長和賴經理也是座上賓，熱情寒暄先暖場，接著如三面計分板，交換語言的同時，提問，試探，宛如面試官，害他莫名緊張。

餐館送來港式料理，叉燒拼盤、雜燴海參、蟹黃鑲豆腐、奶油焗明蝦。全是款待貴賓的老大菜。可惜他心情不美麗，枯坐一隅，嗅著菜香，非常開胃不起來，只能巴巴的看著人家用魚翅羹漱口。

廖老闆從酒櫃裡拿出一瓶麥卡倫，介紹那是米其林三星甜點主廚 Jordi Roca 打造的限量版，具馥郁香氣及苦甜尾韻的可可協奏曲。

什麼曲？

欸！算了，知道了反而扎心，吃完這攤，他很快要流落街頭，與今日奢華肥脂滿溢的場域畫清界線。

「很少喝酒嗎？」見他迷茫的眼神，意態酩酊臉孔紅潤的鄭廠長為他的水晶杯再斟上四分之一。「小酌是男人與男人之間最知性的親密關係。」

他傻笑應和。身為職場 Small Patato，在那段還有資格夢想似錦前程的日子裡，他其實飲酒無數，啤酒、威士忌、琴湯尼、血腥瑪麗。然後，慢慢地單純買醉，少有機會尋歡。

喝到興頭，賴經理起哄，追加一支拉斐堡葡萄酒，說是波爾多五大頂級葡萄園中最典雅的一支，必須等候至少十年的時間，才會呈現出芳醇、水果香，足可與奧林匹斯山上眾神飲用的玉液瓊漿相媲美。

「是不是覺得很像職場的熬煉？沒有一定時日，熬不出火侯。」廖老闆分明話中有話。

是，是吧，他乃名酒界的痲瓜，傾倒入喉的佳肴美酒盡入呆腸，成了寵物飼料，哪能品嘗出優劣。

微醺中，廖老闆揭開謎底，嚴肅問他：「鄭廠長想聘請一名特別助理，負責法務，薪資是你目前的加五十 Percent。有興趣嗎？」

坐左前方，不戴假髮改戴自然逼真髮片的鄭廠長露出一抹深藏的笑，朝他點點頭，像在說，對，我估摸過你的身價，當然也明白你的困境。

陡然從酒精的空鬆、渾噩中清醒，四圍如消音拉炮五彩碎紙自天花板拋撒，他張嘴吐舌、瞳孔發亮，從地板高高躍起，揮舞短爪試著抓接，毛茸茸的尾巴大幅度搖擺，像隻歡快的馬爾濟斯。維持三、五秒，又皮球般洩氣。鄭廠長或許不知道他所用非學，乃因律師執照連考三年沒上。懷疑被看高了，心裡湧起一股自憐。

「我相信你是個人才，」鄭廠長拍拍他肩膀，「只是被放在錯誤的位置。」

人才也不過是工具，必須好用、耐用，這點認知他還是有的。

辭職信在抽屜裡躺了半年多，終於能派上用場，但要怎麼跟副總和經理開口？霸氣的老子不幹了？還是瀟灑的 bye bye sir？

多年努力工作，就是為了過上自己想過的日子，只是無論留下或跳槽都難以如願，依然是負軛沉重勞累奔馳的牛馬。

接受與否？他不想立刻表態，他要將時間定格，細細咀嚼此時此刻手握選擇權的自豪感。

I was approached！

然而，這是我被挖角了？還是我被認養了？

多元成家

灰雲密集的早晨，屋裡開著燈，依然暗淡。

昨天她們仨花了數小時，才將布滿時間烙痕的海報、勸世文清理乾淨，騰出一面乾淨牆當背景。

她摘下貼牆站立的阿嬤鼻梁上杏茶色可摺疊式眼鏡，擱桌上，稀疏髮絲攏齊，紅漆銀簪後腦杓紮成髻，過短不聽話的統統塞耳後，拉整衣服，然後手勢加唇語示意阿嬤，背打直，臉偏左邊一點點，別亂動！

湘伶和伊莉分站兩旁，用手機幫忙補光，喬角度，務使拍出來的大頭照符合政府規定。

阿嬤全程配合，張眼，合嘴，縮下顎，左右臂夾放大腿，表情莊重，乖得像個小學生。

她傳 LINE 給阿嬤，提醒：

預約好了，下禮拜三，帶妳去醫院。妳不可以穿那件外套，換一件較「輕便」的。

「不行。」阿嬤斷然拒絕。

不想要助聽器了？

怒怒的阿嬤鼻翼擴張噴大氣，抿嘴，握拳，致使身軀微微抖動，像一扇鏽蝕的鐵門，無法搶在盜匪入侵前關閉，勉強關閉了也還留著一道裂縫，只能學淘氣阿丹烈烈的咒罵：「妳是惡人！」聲線反常低頻，明顯隱忍。

她得意地朝湘伶扮了一個鬼臉。

這時的阿嬤與先前的阿嬤判若八二年次的金智英與瘋狂麥斯。

兩禮拜前，阿嬤還是暴躁老人，醫生說，因聽力退化，掌管記憶的海馬迴年久失修，拖累理性思考，整天蛤來蛤去，問題一再重複，抑制憤怒的額葉功能似乎也嚴重萎縮，日常生活凡不合她意，便飆罵，威嚇，拿伊莉跟死東西出氣。

那陣子，每天都在夜裡十一點過後，爭吵聲從天花板某處傳來，如打開一只密封的瓶蓋，咆哮、嘶吼的聲量抑縮在玻璃器皿裡。偶有延遲，她會不自覺凝神等待，像等待捋著絲線穿過布邊的針忽爾扎上指腹，跟著疼痛才怵然張揚，騷擾她辛苦一整天疲憊的身心。

為了對抗噪音引起的睡眠障礙，她刻意早起慢跑，有氧舞蹈消耗體力，推遲就寢時間，閱讀無聊書報。網路上搜尋助眠好物，芝麻、香蕉、燕麥、蜂蜜、牛奶，照三餐替換，乳膠枕輾轉出各種凹痕，終究不敵。

吵架難道也能是個癮？始終不渝等在午夜？

剛開始，她想過直接上樓溝通，大夥兒有緣當厝邊，理當彼此體諒，這樣吵她真沒辦法，再下去要腦神經衰弱。又想，萬一遇上太直接情商低的莽漢，憑她一名弱質女，恐怕不是對手。

搬進這新居後，發現陽光老是懶於照拂。單一對外陽台，一片窗，又添個褐色毛玻璃。平常時，日頭只在午後三點至四點半造訪，替她和湘伶將前晚洗好的衣物、霉菌可能隱匿的摺縫抽除水氣，五點不到又躡手躡腳離去。

租屋時，房仲電話裡只說它位於深弄裡巷，環境清幽，住戶少而單純。

看屋那天已近晚餐時刻，藝術街燈火明亮，輝映著老公寓外牆甫吐出花苞的粉色穗花棋盤腳，附近商家在門口的迷彩盆種植熱赤楠、紫薇、羅漢松，圈上層層閃爍軟條燈泡，交揉著每到寒夜便湧現的水霧，渲染出一股難以言喻的淒迷浪漫。

意志力薄弱的她陷入眠夢狀態，冷冷細雨中，跟隨房仲往藝術北街彎彎繞繞，來到半扇虛掩的紅色木門前。真只有半扇，底下二分之一處遭歲月蛀蝕，參差的腐木，積累了起碼四十年以上的風霜。騎樓內的信箱，各個鎖孔脫落門戶洞開，信件、廣告傳單像待鍘的犯人，卡在鐵箱中裡外各露出半截，誰的隱私都藏不住。

見她圓瞠著杏眼，腦殼正中濯濯如童山的房仲嘴皮子掀呀掀，露出兩枚金牙，笑得很尷尬。

「其實它上個禮拜還好好的。小孩子頑皮，一車撞進去，掉了，過兩天叫他父母賠。不過，妳放心，我們這裡治安超棒的，派出所鄭所長就住對面，有事不用打電話，用喊的就行。」

「有事？」

「沒事沒事，怎麼會有事，打個比方而已。」

她也笑得很尷尬。但礙著絕美的夜色，人總是不好太計較。

大齡好窄，兩房一廳一衛，容得下她和湘伶全部的雜物和書籍，衛與浴，無分彼此，掛上膠簾即乾濕分離。最美麗迷人的，是月租金一萬有找，放眼全台中，找不到這麼划算的標的。

旱冬加上連日境外輸入的沙塵暴，灰濛濛，不到六點，對面樓屋已經失去視覺剩餘，是以沒能及早發現這居處貌似希區考克的《後窗》，有個大天井，但不是庭院，是挨戶挨家廚房廢水集中地，栽培出四大棵壯碩肥厚的姑婆芋，姑婆芋周圍自主生長一大叢倏忽開花尖刺滿布的簕杜鵑，朝八方亂竄，較凶悍的甚至攀向牆面，瞄準門窗張揚進逼。此外便是黑漆漆猶如蓄著流沙的河，可以吞沒任何掉落的物件，厲害的是它並不散發餿水異味，只一片暗色沉寂與她俯身探看的眼對峙。

湘伶說那是一樓前後住戶廚房外推，堵死防火巷，四面無出路，雜草、蚊蠅據地叢生。

「看，那幾棵姑婆芋，多陰啊！說不定裡頭蛇鼠好幾窩。」

接連九天，只聞腳步聲上下樓，以及那定時意見不合的一家人，沒能遇上任何住戶。

「我見過。」湘伶說每隔一兩天，那個誰就會去國際街買炸雞加珍奶，提到三角公園與外傭們群聚閒聊。大眼睛，寬鼻子，膚色是南洋烈日炙燒的黑曜經典款，頭髮烏亮垂到腰臀，牛仔褲一百零一件，冷氣團來襲也穿夾腳拖鞋。

湘伶是她室友，教研所碩二生，在東海別墅的手搖飲料店打工。英語講得跟所有移工一樣溜，一樣不管文法和時式，因此溝通無障礙。

「別人都推著老爺爺老奶奶，就她不用，八成移工老大的女友，不然就做黑的。」

「什麼意思？」

她上網找到家暴防治專線，猶豫著要不要多管閒事。

忍無可忍時，試著拿起湘伶特地買來防身的棒球棍，在吵鬧聲纏綿近一個鐘頭後，頂向天花板，表達她的憤怒，希望能起到遏止作用。然而，不必豎起耳朵即可清楚聽見它依然進行著該有的節奏。

週三，資源回收車停在小公園投放點，她隨便扒兩口飯飛快下樓，站眾人背後，尋找可疑嫌犯。

垃圾分類已是都市人的肌肉記憶，據說住戶密碼就藏在那一袋一袋的細節裡。左鄰右舍阿桑們天天見面，天天覺得久別重逢，熱絡寒暄，國台語並置。英語、菲語、越語、印尼語，闕如。外傭實為多數，她們只是沉默，在華燈初綻的早夜，隔闋，徹底而直白，如此扞格，又如此和諧。

她在嗎？東南亞女生外顯的五官，穿著打扮適合夏天，據說還散發著淡淡的薄荷味。她目光努力梭巡，希望有機會講幾句話，表達一下難處。夕陽比她更沉得住氣，撐到〈給愛麗絲〉漸行漸遠後才滾落大肚山。

爬完十七階，回到租屋門口，枯候數分鐘，沒有一個熱愛地球的厝邊上來或下樓去。頭頂上方，網球大小的燈泡，因陶座裡的銅片潮濕氧化，閃閃爍爍，跟她一樣孤單寂寞冷。

將掏出的鑰匙放回口袋，她繼續往上走，三樓門口駐足，像偷兒窺伺，猶豫，終究太孬。嘆氣，上頂樓，一陣冷風朝臉面搧過來。天台排滿水塔，光裸水泥地破損不堪，圍牆很低，站邊角望遠，一股不安的懸空感。前方高聳入雲的大樓，既刺激她向上躍升的原始慾望，又對可能墜落的悚然感到暈眩。

那些現代化的玻璃帷幕都太過趾高氣昂，對照老公寓的衰殘，彼此之間彷彿一道叢林裡的溝狀開口，禮貌地保持樹冠羞避的距離。

願意落腳這地方的，大多高房價受災戶，錢銀三不便，她是連睡覺也不便。

一直沒有告訴湘伶，水電費過高是因為她洗澡老是忘了時間，她有太多疲憊需要沖刷。

拉上膠簾，打開水龍頭，褪去毛衣、衛生衣，丟往外頭小沙發。

腳步聲選在這時候響起，趕緊披上浴巾，躡足門邊。應該是男人，吹著口哨，步伐頓重。沒貓眼，不知他長啥模樣。十九、二十、二十一，一個樓層十七階，不是樓上住戶，四樓的。

踩著水跡回浴室，門外接續傳來的不只腳步聲，邊講手機邊笑到岔氣，乍聽以為是英語，但不是。她趕緊打開手機，附在門上錄音，好拿給見多識廣的湘伶鑑定。

「塔加洛語，菲律賓國語。」湘伶以薩滿的自信口吻直斷。「聽到沒，講五句就一句 Bahala na，他們的口頭禪，『順其自然吧，就這樣吧，一切交給上帝就對了。』哈哈哈！這個爽朗的笑聲，正字標記。」

藉著忙碌工作，故意忽略餐桌上那盒湘伶勸她拿去敦親睦鄰的小西點。

吃過午飯了，它還在那兒，一顆心也懸在那兒。

鐵窗外，麻雀啄光每一寸暖陽，四叢姑婆芋拓染成蒼茫暮靄，公寓的背景與輪廓再度融入氤氳裡。

莫名慌亂的情緒漸漸堆疊，快將把持不住。

湘伶說得對，處在這個暴力即流通貨幣的世代，既然無力開戰，就放軟身段，求和吧！

提起那盒看起來依舊美味甜膩的焦糖蘋果派，站門口數度深呼吸，簡略打好腹稿，嘴角上提，按了門鈴才發現鐵門沒關，鐵門內的木門也微張，留著幾公分寬的縫。那一定是有人在家嘍！

等候半晌，屋裡靜默如初。沒道理啊！誰家能那麼不怕偷，白晝不閉戶，也算大同嗎？

輕輕推開鐵門，真沒人。她惶惑又矛盾地高興免去一場可能的反覆交涉。留下西點和措辭謙和友善的字條放門口小茶几，下到二樓時，忽想到，錯了，外國人捏，寫中文給誰看啊？待要轉身拿回字條，見一名太太上樓來，約莫三十出頭歲，圓潤、膚色深，鯊魚夾攏住長髮，手腕上掛藍色碎花布包，穿紅白拖。與她一上一下，四隻眼睛恰恰連成兩條平行線。

樓梯口擦著彼此肩膀時，她禮貌問候：「您好，我住二樓，是新搬來的——」

那位太太如驚弓鳥，抓緊包包，拔腿衝向三樓。

她傻在原地，確定對方用力關上鐵門、木門後，再一道一道上鎖。

怕成這樣未免太誇張，她雖說顏質一般般，到底也頭面整齊呀！

快步跟上去，在僅夠容身的灰暗樓梯口，躊躇。天光快將抹盡，只餘淡淡的斑痕。鼓起勇氣，按門鈴，裡邊沒消沒息，再按，還是相應不理。不死心，她咬牙，大力拍著鐵門，開嗓——

「我知道妳在裡面，出來講幾句話可以嗎？」

四下裡靜得讓人發毛，她悄然下樓，球棒拎手裡，再回到三樓。

「我沒有惡意，只是想跟妳商量件事。」頓悟，移工也許不會咱國語。湘伶告訴她，跟菲勞溝通，英語不能太好，也不能太破，要剛好破，剛好跟她的英文程度一樣。

「Hello! I am your neighbor, live downstair.」

結果是對面先開門。

鐵門推開一小縫，僅夠探出頭臉，驚懼眼神夥同散落捲曲的長髮從裡頭飄出來，褐黑大眼球盯住她手裡的球棒，戒慎。

「不好意思，打擾到妳了。」她趕緊親切問候，避免無端再樹一個敵。

沒反應？倒是背後傳出動靜，鐵門依然緊閉，但裡層的木門打開了，和對門的太太一樣從鐵門上方的鐵條縫射出兩道星芒，直接掠過她，用她聽不懂的語言熱烈交談。

她球棒悄悄自右手移往左手，藏背後。

三分鐘，同時噤聲。對面太太國語不標準，但很輪轉，問她：「有什麼事？妳要幹麼？」

「我要跟她說話。」

「她不會說妳的話，只能聽一點點。」

「英語？」

「一點點。」

鐵門終於開啟，這下換她悚然，那位家暴男會不會也拿著球棍等在裡頭？

「不用怕，家裡只奶奶跟我。」嗓音調至輕柔頻道。「我叫伊莉。」英語說得比她流暢，其實。

一模一樣的長條格間，桌椅櫥櫃全上了年紀，孱弱地靠著牆邊相依偎，四下裡，淺層潔淨。狹仄陽台裝上鋁窗又加裝鐵架，自成一囚。電視機旁色彩繽紛的包裝是各樣泡麵，不知名品牌，即溶咖啡包亦堆成安靜的一落。廚房瓦斯爐上頭擱一只單柄鋁鍋，沒有開火爆炒的餘溫，缺乏闔家晚餐的歡欣，空氣裡一股寂寥，一股違和煩躁、打翻醋罈子似的酸澀味。

咦！她方才送來的蘋果派呢？

冰箱馬達轟然響起，提醒她，這的確是一個活生生的家。

伊莉解釋，她七月從宿霧來台擔任看護。阿嬤年紀大了，淺眠，一下睡，一下醒，間隔兩三小時，晚上多數醒著（悲劇）。重聽，記性不好，說話很大聲，聽不懂或不清楚就光火（原來）。

「她的家人呢？」

「奶奶有個兒子，有時會來。」

隨伊莉走進主臥，恰恰在她房間正上方。壁燈昏暗，油耗、乳酪、舊書報混雜成的超高濃度老齡味充斥其間，競相粗魯地竄進鼻孔，意圖驅趕她。

老人家仰躺身子，萎縮多皺的面龐肌肉剩一層薄膜，眉頭緊蹙，乾癟嘴唇微張，鼾聲呼嚕，每幾秒一次滯塞，似乎睡著了也還有什麼冤屈要申訴。

窗外店家、汽機車拋射而來的霓虹光影，穿透布帘在老人家臉面流轉，彷彿來自陌異的神祕召喚。

退居都會邊緣的老公寓，藏著退居人群的老奶奶，陷落之外的更陷落？眼前的罪魁未免太過人畜無害，她的滿腔怒火被懸吊於天花板，根本找不到出口宣洩。

床前五斗櫃堆放小山也似的紙盒、藥包，她湊近細瞧，心律錠、利尿劑、阻滯劑、立普妥……顯示老奶奶罹患多重慢性病。裝了半杯水的星滿溢馬克杯和一台老舊黑色收音機，混在其中。收音機居然還開著，發出嘰嘰喳喳嗶嗶啵啵的聲響。

不是重聽？

「奶奶說這樣比較好睡。」伊莉接收到她陡然挑起單邊眉頭的疑惑，不問自答。

「妳可不可以白天帶她去公園散步，曬太陽，讓她生活規律？」

「老闆說不要出去，怕奶奶跌倒，受傷，很麻煩。」伊莉為難地道歉。

有沒改善？有，也沒有。少了伊莉的哭聲，老奶奶似乎更怒了，不時加入摔東西的碰撞聲，災情未見和緩。

找了個陰雨綿綿的週間上樓。近午時分卻像天剛亮。

又沒關門，伊莉出去了嗎？

按了兩次門鈴，想到老奶奶應該聽不見，推開房門，喜見一頭蘆花。

窗邊搖椅上，背脊微微佝僂，垂首，老花眼鏡滑至鼻尖，手裡拿著針線，膝上擱一件花色褪到只剩歷史摺痕的棉衣，頓挫地拉扯縫補。

天色遭強烈雲蝕，微弱如殘燭如老奶奶，光線極度糟。

她找到開關，按開日光燈，老人家悚然抬頭。她快步趨近，搖椅前立定。老奶奶過於灰濁的眼球閃不出光芒，開口準備驚叫，她飛快遞上用黑色簽字筆預先寫好的Ａ４紙張——

奶奶您好，我是您樓下的鄰居，我叫陳敏。

……

心裡暗忖，天公伯保佑她識字才好。

大幅度起落的胸口，搭配喘促呼吸，老奶奶緊張地將棉衣收攏，收攏時發出令人困惑的細碎聲響，抱著針線盒的手背青筋虬結，彷彿生命紋理，彰顯出一定的力道。

看完陳敏的工整黑體字，略略遲疑，垂落半截皮的眼上下打量她。

「擋咧，乖乖站好。」台語比國語溜，所以是阿嬤。聲頭大如洪鐘，沙啞，感覺用上全身的力道。起身，一次，兩次，第三次才成功。

陳敏必須忍住，才能不唐突地過去拉把。

阿嬤小步伐先踱向門邊關燈，「當頭白日不要那麼浪費。」再踱進房裡。

她罰站原地張望，今早屋裡比前幾天雜亂，磨出皮屑的沙發堆疊許多待整理的衣物，櫥櫃隔板散置兩個空的飲料寶特瓶，餐桌上剩菜未收浮出一層白色油脂，碗盤鍋子菜刀隨手丟進清洗槽，躺得橫七豎八。

伊莉出門大約匆忙，讓這個住所現出一個家該有的模樣。感覺親切多了。

門口有人走進來，打斷她的胡思亂想。不是伊莉，是對門太太。說是伊莉每次出門，就交代她過來巡巡看看，不鎖門，因無備用鑰匙。

什麼神邏輯？直接將鑰匙交給這位太太就好了呀！難怪那天伊莉在樓梯口見了她，會嚇得魂飛，八成以為小偷光顧了。

對門太太客氣朝她點頭微笑，問也沒問，揮揮手和甫走出房門的阿嬤打完招呼，出去了。完全就一幅雞犬相聞的桃花源。

阿嬤換了衣裳，正確說法是將剛剛捧在手裡那件棉布外套披上，臀圍莫名胖一大圈，腳步變得越發遲滯，回身顯得笨重，細碎低低的聲響伴隨，好奇怪。掌心握著手機，聰明款，打開螢幕，字體超大，要求跟她加LINE，用的名字是Diana。嘖嘖！

我需要助聽器

她猶在思忖該對這個突如其來的索求做出怎樣的反應，阿嬤搬出那台不停發出聲響的黑色收音機，擱茶几上，再次重申她迫切的需要。

妳要安靜？就給我助聽器

我可以幫妳去買

健保有補助

她谷歌搜尋。兩人乾脆坐沙發，斜側面各自盯著手機，認真商量。

健保手續很麻煩

妳去幫忙辦

妳有女傭、兒子，我是外人

妳怕吵

妳本來不該吵

幫不幫？

居然妄圖要脅一個認識不到二十分鐘的陌生人，誇張。

她忿忿回瞪，咬牙，阿嬤像個幼稚鬼，偏過頭佯裝沒瞧見，收音機提至耳畔，凝神，最後索性閉起雙眼，身子陷進沙發裡，彷彿那黑管裡竄出靈異魔音，能切入她重聽的耳膜，與她進行時空交流。

申請健保補助，必須先前往區公所拿聽力障礙證明申請書回來填寫，再帶阿嬤到醫院給專業醫師檢查，取得證明文件後，還得備齊身分證、印章、大頭照，跑健保局。有夠麻煩。

她不確定自己要不要蹚渾水，她只是上來要求一個安寧居住空間，好好睡個覺，這樣有很過分嗎？

阿嬤蜷縮成一小團，如久放乾癟的橘子，渾身散發濃濃的頹靡，像極了《我只認識你》的味芳。

助聽器，聽收音機？

周六晚餐桌上，和湘伶分食一鍋什錦意麵，幾口下肚她又石磨心，長年困在無聲荒漠裡的阿嬤，一個小小的心願——

聽

「我上去恐嚇她，再不安分就報警。」得知樓上只一老一外傭，湘伶延遲了三個禮拜的火氣強強滾，其中絕對沒有弱小好欺負的現實考量。

「行啊！鄭所長就住對面。」

「殺雞用不著牛刀吧？」

「就知道妳不夠狠，」看破她的虛張聲勢，陳敏故意奚落，「至少不夠狠到倚仗公權力去對付個老婆婆。」

湘伶挺胸三秒，氣虛，一嘆，「我只是心太軟。」

猶似黑夜裡蛻殼的秋蟬，高吭酣唱，催黃綠葉後，倏然沉寂。臨睡前必要用力打過招呼的樓上鄰居，回贈三個難得適宜安眠的夜，她卻捱到凌晨接著看日初。

妳怎麼可能叫戴安娜？

接過阿嬤的身分證，她眼睛差點脫窗，逾越身分指不擇字問。

「我後來改的，袂使喔？」反詰聲量之大，無形拉近彼此的距離。

陳敏微愕，為直覺的微歧視感到抱歉。

那妳以前叫什麼？

她好奇問，問完就更抱歉了。

改名當然是原來的或粗俗不雅，或諧音不合意、不想人前人後被叫喚。但挑個中規中矩的名字重新做人也就是了，有必要安娜嗎？

我不想當台灣人，想當外國人

喔！她發出長音的了然，囁成吹火口足足拉了兩拍。難怪手機畫面換來換去，盡是西方辣妹。台灣哪裡對不起妳了？她謹守分際閉上嘴巴。

帶阿嬤出門是個大陣仗，長時間鎖房禁足不與生人打交道，拐杖之外還有藥包、溫開水、濕紙巾……塞進一大背包，偏堅持還帶把傘。

炎炎日頭與雜沓的汽機車、往來路人談笑聲，都令老人家惶恐，腳步虛浮猶疑，一階階試探，身子顫巍巍，需要隨時攙扶。耷拉的眼皮，瞳仁藏得很深，瞠到極致也只有半顆，又因畏光瞇成一縫。

巷子太窄，無迴轉餘地，計程車進不來，只得停遠東街等候。

「為啥不坐公車？免錢。」現代性失能的阿嬤沒出門能知台中市政府的美意，不知好歹發問。

那妳自己去。

按她這種躊躇龜速，藝術北街走到國際街站牌，起碼半小時，上下公車再花半小時。

是以為我的時間也免錢嗎？

阿嬤嘴皮子掀了掀，收回她的疑問句也收線，懂事地將手機放進手提包，順便抽出一張五百元鈔，塞她手裡。

早晨八點半，中榮耳鼻喉科診間外頭，等候的病患已聚滿半數座椅。伊莉安頓好阿嬤提著背包退到邊角，覺得該把座椅留給需要的患者。

阿嬤不懂手語，手譯員幫不上忙，她跟護士確認溝通方式及輔具（分別有：音聲擴聽器、愛心寫字板、溝通板、筆談、寫字板、手機）後，再幫忙填寫初診單和同意書。

進入隔音聽力檢查室時，阿嬤握住她手肘的力道儼然奔赴刑場，無比焦灼。她輸送唇語：別怕，沒事的。傳 LINE：

出門前交代妳的，照做就好。

Diana 傳回一張哭哭臉。

「孫女？」護士指著她問。

阿嬤理當聽不見，竟點頭如擂茶，雙手暱挽她臂膀，頭靠她肩，故意製造一種祖孫情深的誤解。她嘴巴張開欲加以解釋，繼之又想，醫護人員會不會以為她別有企圖，算了。此刻，她的遭遇親像韓國那位開計程車的四福先生，動機單純，只想解決簡單問題，卻一腳踩進泥淖裡。

為了申請助聽器補助而求診，檢查流程非常繁瑣。

醫師解釋，聽力診斷書屬於法律文件，開具必須謹慎，為求正確性，需要病患回診三到四次，實在情非得已，請諒解。

很懂軟土深掘的阿嬤，每次出門就順道黃昏市場買菜，順便去下郵局辦點事，順便土地廟拜拜。強行闖入她們的生活，在微妙的關係中不斷介入主導。

她不勝其擾，每次跑腿回來，再三訓戒自己，適可而止。奸詐的阿嬤就會叫伊莉切一大盤水果慰勞她和湘伶，企圖用果糖淹沒她們的理智線。

「我禮拜三輪休，老師剛好請假，可以陪阿嬤去醫院。」湘伶果然不知不覺血糖過高，認知功能下降，明明死忠棒球迷，衣櫥掛滿黃襯衫的她，竟願意錯過熱愛的實況轉播賽，穿越血緣阻隔，委身成孫女。

難道額外的忙碌無形中讓她倆產生同是天涯寂寞人的靈魂共振？下班或放學回來，阿嬤長阿嬤短，擅自嵌入一張類親族網絡。

盯著那張耗時一個半月，終於拿到的「聽障證明書」，阿嬤怔愣好久，眼眶泅出水霧，感嘆式地蕩開嘴角，口中米粒般的黃牙零零落落。

「上面寫我的名字吔！」像是感恩被記得。

料想將以殘壘收束的戴安娜人生，因她倆的及時救援，有了翻轉的可能。彷彿馬林魚2A隊九局下，連挨四個觸身球，逆轉勝。

一種被需要的成就感，出乎意料完整抵消了辛勞付出的疲憊。

助聽器種類繁多的，耳內型、眼鏡型、口袋型、耳掛型及耳穴型。

她上網幫忙找到府服務醫療用品社，耳內迷你型助聽器促銷活動，兩支優惠價七千元，耳內充電款再優惠，與健保局核發的補助款兩相加減，不多不少，零元帶回家。

「這些品質都太差。」

看起來窮得只剩一台收音機的阿嬤，照理應該先求有再求好，卻嫌東嫌西，最後選定一款客製化藍牙數位式，九萬起跳。

妳不要得寸進尺哦，錢咧！錢咧！

拂袖準備離去，阿嬤急急起身，欲挽留，立馬跌回沙發，細碎啞啞的聲響跟著窸窣。太啟人疑竇了。她老早就想捏捏看，那莫名脹成一整圈的衣襬。斜身欺近，阿嬤反射性想躲，卻遲重地卡在原地。

「碇硞硞，是啥？」

阿嬤心虛，忿忿撥開她的手，嘴巴嘟起，囁囁嚅嚅，用數鈔票的摩擦聲說：「金仔啦！」

「幹麼把金子『穿』在身上？是有病嗎！」她沒禮貌的誇張嘴型加上驚乍表情。

「那個伊莉出門都不關門，而且，而且我兒子快回來了。」

伊莉不明就裡，聽阿嬤提起自己名字，自廚房那邊轉頭過來，大眼圓瞠，誠惶誠恐。

妳兒子回來怎樣？他又不是賊。

究竟是貪小便宜？還是嚴重缺乏安全感？明明腰纏萬貫，卻要費盡心思請領區區幾千元補貼。她和湘伶感到受騙的憤慨，一星期不肯上樓。

防兒子像防賊，難怪他不回來。

然而，人家母子感情如何，與她的睡眠有絲毫直接或間接關係嗎？當初接受請託，不也是為了一個自私的理由，憑啥這會兒就偉大了？

也許，她有個不適合行善的體質，一輩子與好人卡無緣。

兩星期後，醫院來電通知，「妳阿嬤選上的那款助聽器到貨了，隨時可以來拿。」

真想直接告訴院方，她阿嬤早幾年過世了。她才沒那麼糟糕的阿嬤。怒怒的言詞到了嘴邊又嚥回去。

最後再幫一次忙她就解脫了，往後各睡各的覺，誰也不干擾誰。

伊莉開門時，見她驀然現身，褐色瞳孔霎時放亮，嘴畔掩不住歡欣。

阿嬤完全久旱逢甘霖的火熱陣仗，快聲快調吩咐上熱茶、水果、點心，極盡巴結。

好人可不像公車，十五分鐘就來一班。遇到我，算妳走大運。

對不起

小氣鬼

對不起

眼眶居然一秒濕漉漉。

演的演的！她提醒自己。

恢復七成聽力，宛如跟這個世界通上電源的阿嬤，渾身精力大躍進，明明骨質酥鬆嚴重，卻能利索邁開腳步，讓寂涼晚境顯得輕盈而平庸。

首先，換手機，頂規，果粉，配上冶豔紅花高調的手機殼，重設鎖定畫面，黑人歌手蕾哈娜，嘖嘖！有夠騷包。來電鈴聲 Diamonds，操作技術純熟，如練家子。

像在跟時間賽跑，又像彌補過往蹉跎，什麼情緒都兩倍速發酵，整天腦袋不肯安分，經常趁伊莉就寢，擺脫監控，偷偷潛進廣播電台，跟一群空中之友玩現場 call in，參與虛擬人際互動，LINE 群組暴增，瘋傳長輩圖，早安！又是美好的一天。

或者愛心不落人後，飛碟聯播網，好心人ㄊ賴義賣會。

郵差先生每隔幾天來一次，嗓門好大，昭告整棟公寓——

戴安娜！

伊莉三步併兩步下樓領包裹。

「戴小姐，妳要小心哦！這些地址，很多都有問題。」郵差先生跟她一樣，根據僵化印象，認為「安娜」這名字乃年輕小姐限定。

難以抗拒好心肝的驅使，陳敏不時狗拿耗子中途攔劫，抽檢，沒成分標示，沒消費者專線，沒有小綠人，甚至沒有製造商，多數偽藥、偽健康食品、偽愛心專戶。不動聲色交給湘伶，統統拿去辦理退貨。

阿嬤不知被衝康，經常拎著印章，倚門等候那位「綠衣失智友善天使」，嘴裡叨念：「這個郵差安呢袂使，三天兩天請假，做啥頭路。」

為了吃飽換沒閒，阿嬤又有新齣頭，大手筆買生鮮食材，手把手教導伊莉川式料理，魚香茄子、椒麻雞、梅干扣肉，硬拗陳敏上樓當翻譯。

「不是梅干扣肉，那是客家菜，這是鹹燒白。看清楚了，方整五花肉，蒸熟，過熱油，梅干加入豆豉、辣豆瓣煸出味，扣入碗裡，蒸一個半小時。」傲驕口吻堪比《美味不設限》裡的麥洛伊夫人。

「安怎妳會煮川菜？」

「因為阮頭家是重慶盤山過嶺來的。」

「妳嫁給外省老兵？」

「袂使喔！」

「難怪妳不喜歡台灣人？」

「不是啦！我是不想當台灣查某囡。沒尊嚴、沒未來、沒幸福。」突如其來的感觸，像一道密碼鎖橫在胸口，沉甸甸。

怎會沒未來？任何人的未來不也就七十古來稀，都八十多了，是要未到哪裡去？

陳敏聽得晃神，一下忘了水煮牛肉猶燙口，猛哈氣，趕緊澆上湘伶帶回的冰淬檸檬茶降溫。阿嬤抬高手臂照頭殼巴過來。

「憨囡仔才這樣吃，吃壞身體。」

看起來遙遠的關係，也可以很親近，一旦情感到位。外觀色澤飽滿的家，若以傷害經營日常，年深月久，照樣冷涼潰散，讓人寧願四海為家，如她，如湘伶。

農曆年將近，湘伶照例放棄休假，賺雙倍加班費，她則瘋狂接單趕件，趕到視網膜缺血。

Uber eat 送來的餐盒快堆滿到窗口，夜裡九點，最後一趟垃圾清運。她們大袋小袋提到門口，樓上倏然傳來偌大的桌椅碰撞聲，不像阿嬤早先的斯文排場，這等規模差不多是她爸媽口角後的大打出手。

莫非伊莉的外戶不閉，引來竊盜亂賊？她和湘伶迅速交換眼神，擱下手中塑膠袋，一人操球棒，一人捏噴霧辣椒水，踮腳尖上樓。

大膽賊子，盜取財物已不可原諒，還態度乖張，吼叫：「妳藏在哪裡？說啊！妳把東西藏在哪裡？」

小偷其實不小，亂髮花白且稀疏，過度寬大的夾克牛仔褲皺巴巴，顯落魄。老伙仔，六、七十了，作惡還放刁，擒住阿嬤肩頭猛搖晃。房間門口瓶罐、抽屜散置，想是剛翻箱倒櫃，無所獲，不甘心。

陳敏不知哪來的憨勁，球棒狂敲鐵門，老小偷橫過眼，一個生怒，搬了張椅子衝過來，湘伶即刻伺候以辣椒水。殘嚎聲中，伊莉居然傻楞看戲，阿嬤生色不動，這對主僕可真反應超無感。

幸好對門太太及時報警，音速趕來的不是一線三星，是鄭所長大駕光臨。沒先宣讀權益，劈頭即淋漓開罵，流利得像拍基金廣告，他馬的！王八蛋！揮臂巴掌落，全套硬裡子真功夫，歹徒被打趴地板，逼上手銬。

「放開我，幹！我她兒子吔。」

「了尾囝，你也有臉。」

兒子？長這麼老？

原來阿嬤的兒子真是賊。

以為仗義行俠值得表揚的她倆，暗自抽一口氣，悄悄退往門邊。

這情況應非首發，亦非偶發，鄭所長幹譙多流暢，曉以大義時濃濃的老鄰居口吻。陳敏往屋裡探，阿嬤似乎恢復重聽，微微失智，圍巾裹往頸子繞下巴包住耳朵，搖椅上晃呀晃，將自己囚回孤獨的密室，迴避兒子無忌憚的叫囂，臉上神情是一種欲振乏力不得不的棄守，棄守成一個啞巴。

賊兒子被鄭所長帶回警局作筆錄時，狼狽呼喚：「媽！媽！」負氣而頑劣的嗓音，每個字都磚頭沉篤，一塊一塊砌成墓，窄屋儼然阿嬤的陵寢。

四下頓時沉寂，她倆幫忙收拾善後，房間凌亂如颱風過境，雜物橫陳各處，書報、瓶罐、抽屜，集體死過一遍。陳敏彎身拾起其中一幀外罩玻璃已裂碎的舊相片，青春版生澀羞赧的戴安娜躍然眼前，身旁一老一少年陪同入鏡，老的太老，像父親；少年像弟弟。

「十六歲那年，我阿爸為了五千塊，將我賣給一個老兵，五十歲的羅漢腳，隔年，我兒子就出生了。」阿嬤小小聲回憶起不需要向他人解釋的過往。

十六歲，國中才畢業。莫怪她不想當台灣女兒。精準說，是不想當她爸爸的女兒。

陳敏蹲下身牽起阿嬤斑點密布多皺的手，「妳可以說的呀！早早告訴我們，想抱怨，我們隨時可以切換至乖孫模式，陪妳一起罵兒子。」

「算了，罵之前腦海裡要先想，但我想忘，忘光光。」

阿嬤脫下棉布外套，遞給她，交代：「明天去幫我辦個黃金存摺吧。」

陳敏雙手接過，好沉。「不怕我趁機 A 走？我是外人呢！」

只見戴安娜嘿嘿一笑，魚尾紋深入鬢角，忽然溫柔起來。

「這世間，除了自己，誰都嘛是外人。」

滿租

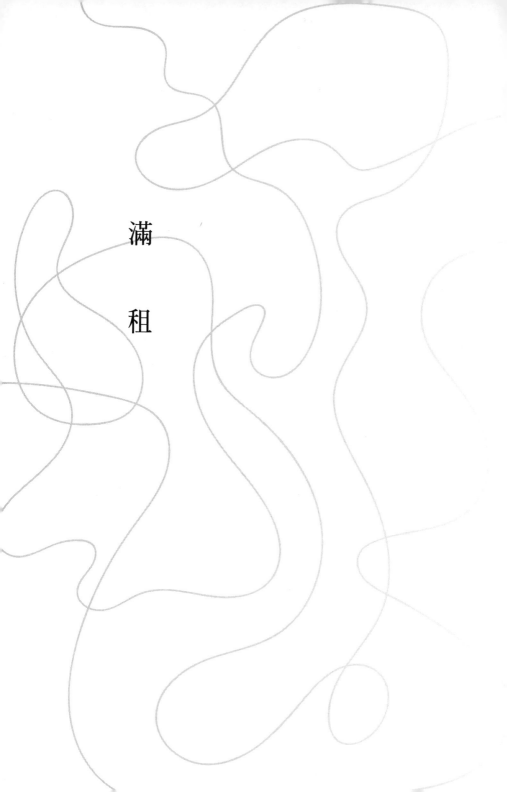

廳內梵唄樂音俱足，和雅贊誦，禮儀師以柳枝繫上白布，浸入他女兒向水神乞來的米酒，從頭到腳象徵性的比畫，清除塵垢，同時講一些祈福的吉祥話，謂之淨身。

女兒仔細替他梳理完頭髮，按禮素木梳折成兩段，一段放入棺內，一段丟至屋外。真浪費。

比起車禍剛發生時的張惶無措，他現在清醒也冷靜許多。緩慢移動的腦緣系統無暇回溯太多細節，追究過失，他把重點放在即將舉行的入殮儀式。老婆要他兩手乖乖交握肚臍上，騰出空間塞進一些沒用的衣物、手作蓮花、子孫被、金元寶、紙紮童男童女。供桌上用以辭生的菜碗居然多達十二道。他想盡辦法，拋出厲眼，可惜沒人接住。米斗內的手尾錢幾個銅板淨夠了，放鈔票是幹什麼。他掙扎著坐起來。

「爸爸，是不是還有你想見的親人未到？」女兒忙趨前詢問。

他虛弱搖搖頭。

女兒又問：「是不是還有哪筆投資、銀行存款沒交代？」

老婆見他兩眼直睇天花板，曉悟了，伸手按掉所有開關，只留一盞五燭光燈泡。他如釋重負，躺回去安心等候蓋棺。

霎時雷聲大作，凶兆！封釘應該暫停，他再度掙扎起身，卻聽見兒子吩咐禮儀師，動作快！不必特別打桶（喪家不捨親人離去，預防停棺太久屍血外流，特地將棺木處理得密不透風，費用另計），明日出殯後，直接送往三民路火化場——

因過度驚悚，元神秒速回竅。

好險！他拍拍胸脯自我安慰，六歲以後，兒子身軀雖無可奈何持續膨脹壯碩，腦細胞則被圈囿在溺愛的培養皿中。平日除了迫迌閭巷、酒肆，恁意揮霍錢財，憑藉孔武蠻力犯禁，一旦惹禍招災便死皮賴臉媽媽幫擋子彈，沒獨當一面的本領，不可能為他料理後事。

這節骨眼，他比較需要擔心的是攸關錢途的抗爭動員，護憲維權指揮部的吳將軍傳 LINE 提醒大家，下禮拜的遊行，九點開始，路線圖已經貼上群組，自行前往、共乘，或搭遊覽車，麻煩分別到欄位下方加一。

打開手機，滿滿房客傳進來的訊息，天花板漏水、燈泡壞了、熱水器點不著……。一群破少年！自己動手簡單修一修都不會，只會欺負老人家。

撐開沉重眼皮，抬頭，見四名警員圍住他和他飽經風霜如今肢離破碎的老豐田。怔愣半晌，記起昏迷前他撞車了。員警依照車禍肇事SOP酒測，錄影存證，準備開單。他不配合，一下跟警察求饒，套交情，要上廁所，一下又見小轉生氣，警方火大了。

「你再不配合，我現在上銬帶走，抽血。」

「好，好，好，我配合，你不要拉我。」然後趁隙賴回柏油路面。警方解讀為裝死，其實是醉倒。

這起連環車禍發生在新富路、國泰路口，十八日晚間九點多，先是白牌計程車直行，撞上違規右轉休旅車，過沒五分鐘，他的銀色阿提斯高速駕臨，路面沒留下任何煞車痕跡，斜線騎上安全島，穩穩卡住，並無波及旁人。

他油燃生出荒謬的得意感。救護車抵達時，發現他已從短暫的休克中甦醒，手足身形完好完整，問答時思路清晰，口條還算流利，因而只做了簡單的外傷處理。

交警說不必測試就能斷定他酒後駕駛，酒測只是想知道他究竟有多醉，竟能完全無視於馬路中央的紅色三角錐、警示燈與人車。

究竟有多醉？像電腦突然當機，執行中的程式未能存檔而流失，但他依悉記得悲劇發生在同袍兒子婚禮結束後，組長再三保證，離開時會幫他暗槓兩瓶麥卡倫，要他少喝點。這一撞，全毀了。無言的咒罵在肚子裡橫衝直撞。

真奇怪，同樣跨過而立的門檻，人家兒子持續朝標竿奔跑，工作、買房、娶妻，按部就班。他兒子則將文科念成醫科，蹉跎再三。嫌私人企業工時長、薪資低，雖是實情，聽來就一個怪，連實習、打工都不曾幹過，能知道民企長怎樣？

先以考公職為由，窩補習班十個月，普考、高考、特考接連落榜，還很好意思批評，那些獲得高薪爽缺的都是腦殘富家子；斷然求去的女友思想拜金，行為綠茶又短視。心安理得開啟廢柴模式，化身成蠶，鎮日房裡邊吐絲結蛹邊打遊戲，長髮披散、蓄鬚，邊幅不修，季節無分睡到自然醒，夜裡趴冰箱狂亂翻找食物如無臉男。

他慨嘆，宛如物種進化的停格之惡，情感上天大的背叛。他老婆的「盆栽」式養植法，不僅包辦了兒子的生活和勞動，甚且包辦了他的思想、愛情和前途。幾次糾舉無效，他將心境調到最大幅度的樂觀。不急不急，兒子還小嘛，將來就會變好，將來。

此刻，狼狽哀楚的心，不適當的時刻，竟想起這些瑣瑣碎碎。

被帶至警局作完筆錄，交警要他確認後簽名。

「罰多少？」握著原子筆，發麻的手臂幾乎抬不起來。

「酒駕肇事，三萬起跳，毀損公物另計。念你是初犯，否則就要先送簡易庭等後交保。」

幹！譙的是自己，只能是自己。潦草畫押，他咬牙起身顛躓著步伐到廁所撒泡尿，桌上一瓶尚未開封的礦泉水，順手夾往腋下。

洗手台上方現出一顆人頭，那是個人嗎？牽絲雜錯的灰白髮，左上眼瞼瘀青腫脹，鼻頭一坨汙油強占，額前連向兩鬢血垢斑斑，耷拉的嘴邊肉早早就放棄抵抗地心引力，五官整組崩壞。咨嗟無聲。視線沿頸項移往周身，唷！毀得還真徹底。今早在衣櫥裡翻找半天，好不容易挑出這件半成新，鏡頭前仍顯幾分帥氣的白底絳珠色條紋襯衫，搭配喜氣洋洋的飛虹領帶，雖然西裝稍嫌過大也舊了點，至少有乾洗過燙得平平整整。

他挺胸，用力喘上來一口氣，痛覺自前方肋骨繞向背脊。也許是空氣太沉悶，推開窗，有隻蜻蛉卡在軌道間，尾鰓折損，薄薄窄翅分垂左右，一股消亡的姿態。忙回神，國防軍事情報局中校退役的他，昔日颯爽的英姿，落魄成邋遢菸民，曾經凌厲的火眼金睛血絲密布，宛如漂浮酒杯內的硃砂螃蟆。吟哦亦無聲。

脫掉一塌胡塗的西裝，裹住水瓶拎手裡往外走，值班員警飄過來的眼神都飽含譏誚。他忿忿，高血壓導致顱內動脈血管不時痙攣，太陽穴陣陣頓痛，鋼性鞭打，意志快將把持不住地萎靡。

警局外，玄鐵般的夜空盪著一彎眉月，流雲走得飛快，街道只餘朦朧薄霧，淡淡的藍光。裂掉螢幕的小米顯示十點半，這時候應該沒公車了，從來最樂意讓他搭便車的組長也早早回家了吧。

「你真的不到大醫院照一下X光？萬一腦震盪——」瘦長扁臉，戽斗，下頦冒出許多青春痘的人民保母跟在屁股後，伸手想扶他一把，被他甩開，低頭睇向血絲滲出紗布的左小腿。

看得見的外傷通常不會太嚴重，可怕的是看不見的內傷。

「幫你叫車？」

「不必。」他家離這兒並不太遠。

老婆傳訊告知，到台中交付預售屋尾款，順便看看工程進度，大里娘家住一晚，明日回。打LINE給兒子，沒接，任職護理師的女兒輪值夜班，算了。

「朋友來接你？」

他苦笑。除了組長、老闆和證券公司那個老是報錯名牌的理專，他現在還有朋友嗎？

「幸好被你撞到的圍欄和行道樹毀損沒有太嚴重，你應該慶幸沒釀成大禍。」

「那圍欄本來鏽蝕嚴重，行道樹根本都蟲蛀枯黃了，也要賠？是有沒有王法？」連王法這種洪荒字眼都講出來，他的腦袋可能真撞壞了。

想到辛苦攢聚的錢白白賠給國家，國家還肖想砍他年金，像一把刀插進心臟，鮮血淌向百骸，太陽穴更痛了。

寒夜凍傷了他的鷹勾鼻，此刻更冰皺了他乾癟的臉頰，彷彿一夕老盡。

「花錢消災，不然你就要去坐牢。酒駕釀禍，罰很重哦！」交警見他乜斜眼珠子，冥頑如一塊大理石，嘆口氣，轉身前追加數落：「你若撞死了，留再多錢有啥路用？」

他沒接口，怒怒跌坐於水泥台階，口袋裡摸出半包壓扁的紅雙喜，彈出一枝點上，狠吸一口，急急捺熄，戒慎回頭看看大嘴巴警察走進警局了沒。幾十年老菸槍，只有獨自一人時他才抽自己的「白牌菸」。以前他也是登喜路、大衛杜夫，喝上道的酒，吃要臉的飯。

結婚三十二年，物價飛漲好幾倍，每月零花卻大幅縮減。老婆嚴格管控，像金融單位變相抽銀根，因著兒子開銷日益龐大，直接降調他可支用的五千元額度至二千八，從來不顧不管他的感受。

「弟妹又買套房啦？」兩頰密布小雀斑的組長，說話時嘴角微揚，笑起來特別和藹，指著他當時剛換上有點抽不慣的「釣魚台」。

「嗯，而且馬上租出去了。」說這話時畢竟有些欣欣然，酸水幾乎同時湧上，燒灼他的食道黏膜。

早年，他老婆在左營三十五中隊福利社工作，袍澤戲稱政六（軍中任務概分為組訓、輔教、監察、保防、服務，五大部分，依政戰單位組織，簡稱為政一至政五）。貪圖用錢免利息，料想軍人反正跑不掉，她一口氣起十六個互助會，九成弟兄都她會腳。每月十號，軍餉發放，福利社後方小房間擠得水洩不通，千元紙鈔十張一捲，成疊堆放兩只柚木抽屜，規模之大如小錢莊。

他起心動念得很快，或許守身禁欲太久，小頭支使大頭，說追就追。組長問他，怎樣愛上的？他沒說是農曆正月初九天公生，老婆邀眾人吃拜拜，他去早了，地點在田中央，以為是一般農舍，其實是庭園式卡拉ＯＫ店，內裝如小酒館，鮮豔紅沙發，厚簾隔間，入口還有長型吧台。一瓶五加皮就讓他失身了，弟兄們幾時來的他已經不記得，只記得長眼睛沒聽過吃拜拜還得付費，他老婆就敢，敢收每人五百新台幣。

聚財有道。他想，娶到這女人，像抄到一支潛力股，包準二十年後不愁吃穿。

他的攢錢大作戰，乃依食漸進。

每天早餐土司配豆漿。中餐，超商促銷御飯糰，買第二件打五折。晚餐，冰箱搜括出剩菜剩飯，來個大雜燴，一鍋到底好方便。

正常情況下，他是不買水果的，除非促銷大特價，像農曆春節過後，桶柑置放過久軟黃，三斤五十，他買一大箱，逼全家游擊戰，趕著吃，果實卻仍以肉眼可見的速度，趕著腐壞。

賺到的錢不是錢，他總說，存下來的才是。存錢需要超強意志力，非僅要養成習慣，更要成癮。例如，能借的，絕不買，能賴的，何必還。凡有婚喪喜慶絕不錯過飽餐和痛飲。

「辛苦賺來的錢，是用來好好過生活的。」組長勸他：「像你這樣濫醉，早晚會出事。」

然而，愛錢成痴一如慢性病，病情只會加重，不可能好轉。

婚後兩年，他省吃儉用買了第一間房，簡單裝潢，立即出租。接著第二間，第三間，賺越多，買越多，現已八間，滿租。

老婆雖然與他勤嗇合鳴，兒子卻是個破口。

小學開始，他夫妻倆即被隱姓埋名，宥宥拔拔，宥宥馬馬。先生、太太都省了，好像他們的人生是兒子給的。

小屁孩嗜吃大閘蟹，老婆說秋節盛產，九月圓臍，十月尖，來自陽澄湖格外膏香稠郁，備妥錘、鉗、匙，掐準他進門時間，開蒸籠，趁熱醮薑絲紅醋吃；國一開始的生日禮物依序是，喬登經典球鞋、遊戲機、哀鳳、蘋電、周杰倫演唱會、藍牙音箱……。

退休後，為了持盈保泰，他使盡力氣調降金流。非不得已的每筆開銷，付款時他總仔細地，緩慢掏錢，專注地跟每一張鈔票、銅板告別，無聲叮嚀，記得再回來喔！回到他皮夾裡。

一開始，組長頗同情他的處境，大夥兒聚餐他只攤半價，相約爬山一定安排順路接送。

有回到旗靈縱走，組長提議水京棧酒店住一晚，好好享受，畢竟辛苦這多年。他堅持商請任職警界的哥哥幫訂警光會館，雙人房一千二，整晚還有小黑蚊陪睡，床板咿咿呀呀伴奏到天明。

下山時，早過了飯點，眾人商量到帕可麗午茶。厲行粗食淡飯的他，寧可麥當勞簡單解決。雙人套餐，雞腿堡、麥香魚、雞塊、中薯，加飲料。兒子剛上國中就能單獨幹掉一整份。老婆津津樂道於親友，以為兒子是岳飛口中的良馬，日啗芻豆數斗，飲泉一斛。

新手父母多半這樣，喜歡把孩子一點小作為粗心大意擱嘴邊，以為那就叫望子成龍。因此，美好回憶裡，通常伴隨著糟心。通常美好也持續不了太久，只比閃電長一點。

「待會兒記得剩下的別浪費。」吃到半途肚子忽然絞痛，他拉著褲頭，匆匆交代老婆，快步跑向二樓洗手間。

時刻備戰的人生，多充實。欲望受到壓抑，雖苦，翻開存摺見數字不斷積累，便油燃生出愉悅。

「叫妳外帶的東西呢？」火速趕上大夥兒離去的腳步，他拋出的關鍵字令老婆大駭，伸手摀住口鼻。忘了！

顧不得老同事面前，他氣不打一處來，發飆，痛斥老婆居然沒將好好的兩塊炸雞打包。

「拜託，小事一件好嗎？」組長照例出來打圓場，「你喜歡吃，我再去給你買一桶。」

「與大小事無關，這是原則問題。」他沒打算輕饒，怒虎虎一個箭步，欺身，眼看下一秒就要將老婆拆吃入腹。

留著齊肩毛燥捲髮的老婆，細瘦身子骨，拎起來就一把鹹菜乾，大相逕庭於組長太太渾身「始祖鳥」與「長毛象」。已然褪色的上衣是「佐丹奴」粉白平價Polo衫，腳下乃過季時買一送一的紫紅Pony球鞋，「優衣酷」彈性牛仔褲和背包，鬆垮的頸肉閃出細細條金鍊，抱歉的聲線高吭，像三十年前他在支本連養的那隻小黑，眨著浮腫眼皮，臉頰隱約抽搐。

趕緊安慰，安慰自己不是安慰老婆，不一定要吃好、穿好、用名牌才會快樂。而且老婆也不像小黑，小黑孤苦無依，存活是牠全部的生命意義，隨便扔一塊肉骨頭，牠便歡天喜地，樂呼轟轟。

笨笨的小黑，是他在坪林靶場撿到，帶回營區的，酷愛吃牛肉罐頭，睡在他自製的木槽內，晚上會跟著去雷達站巡邏。那傢伙很長眼，領上戴花的，看了絕對惦寂寂，要是棍子的就呼嚕狂叫。約莫兩個半月大，老關結婚，強行捉去烤乳豬。

那是他頭一遭感受踏踏實實的揪心。然後，他還養過兩隻黑山羊，幾群雞、鴨，兩條狗，讓牠們在部隊裡吃廚餘或野草，得閒兼種青菜、西瓜，增加「業外收入」。

之後，大夥兒出遊、餐敘都不太邀他了，省心，省事。

他狠狠吸上來一口菸，連同肚子裡的瘴氣傾吐，未盡，另一道烏煙又攏。沿勝利路一跛一跛走進月光裡，青暈籠罩的世界柔美靜好，轉往住家小徑，望過去百門千戶的格子窗，都有一個說不盡的故事。

穿入更深的夜，鼻翼彷彿聞到老家野薑花的味道，一種濃郁深秋的香味。月亮躲雲層裡了，分明漆暗的天空，為何他看見了北斗七星？天樞、天璇、天璣、天權、玉衡……。那些孩提時父親教給他的，從來沒機會傳授給兒子。

老婆大主大意，替兒子報名律動、小提琴、電腦、科學營……。一個又一個晉身上流的預科班，全部金銀堆出來的台階。

他彎腰抓緊扶手，靠廊柱的支撐，仍累得喘促不已，腳上紗布滲出更多的血。自玻璃窗布簾縫隙望進屋內，悄然無聲。

兒子上大學，交女友，開銷龐大，需索孔急，孝順媽給辦一張副卡，方便提領現金。

「每月花費不得超過一萬。」他要求。

兒子聞言，慢條斯理轉回 Ralph Lauren Polo 衫的上身，提回跨出去的 Levi's

牛仔褲和喬登鞋的腿，衝他一笑。根本懶得鳥他。臭小子像隻信鴿，輕易能找到媽媽的軟肋。

大二上學期，因早八起不來，曠課太多被二一，退學。著急這種事交給媽媽就好。慌慌張張幫找補習班、收集考古題，轉學。大三，又二一，降轉。

好好的寵愛變寵壞，似乎不竭盡一切去體貼兒子的需要，就虧待了他。

屋子是四層樓的透天厝，老婆說買屋連地，增值空間大。她眼光獨到，什麼都往後設想十幾二十年，獨獨沒想到的是兒子撒幣如漏斗，你積得越滿，他傾洩得越快。

夫妻倆的主臥在頂樓，一樓車庫，二樓客廳連廚房，三樓兒子、女兒房間。深咖啡褪成淡茶色的家具，無一不老朽。露出毛邊的仿皮沙發，餐桌椅燙焦、刮痕處處，缺了防護罩面的電扇，坑坑巴巴蓋子不知去向的鐵鍋、水壺也捨不得丟。過期書報全部龜縮在暗影角落任歲月落滿塵埃，寧謐中反常地焦躁著。

羞於向人啟齒的「寒士」包租公，每一名房客住的都比他舒適、雅致。

這個家就像壁角那台除濕機，僅餘轟隆聲響，所有效能集體罷工。只有時間，九彎十八拐依然流逝。

他累癱了，跌入沙發，恍神，擱大腿上的右手不自覺顫抖，五根指頭，用力亦難以併攏，乾癟單薄，菸薰日久發黃，指縫真大，據說是漏財相。

奮力攀上頂樓，喘促加劇，像隻負軛沉重的老牛。簡單梳洗，換了乾淨長袖棉T，打開一瓶冰啤酒，沁涼入喉，藉以釋放小腿肚傷口的腫脹。邊喝邊想該如何跟老婆解釋他貪杯惹來的這場無妄之災。

窗外路燈明滅，成排的木棉樹光禿禿，草地上似乎傳來枯葉的沙沙聲，待春節過後它又將金黃滿枝頭。近年，他逐漸發現春天大多名不符實，真正的春天只屬於那些子女考上台成清交政，進入高科技產業，懂得反哺、乖巧的人家。

兒子失業後坦然賴家裡躺平，歪腦筋越加傾斜，忽爾趕時髦搞網拍，忽爾妄圖操作美元基金。先從五十萬入手，賠掉百萬之後才裝模作樣檢討得失，覺得是景氣差需求蒸發坑害，可惜了他天縱的投資天分。痛定思痛，兩年，選擇成為一個蹲子，說是不給財團剝削的機會。

為了喚醒兒子站起來奮鬥，老婆發動親友團在台中星級摩鐵給找到一份涼缺，房務部副理，打混摸魚三個月，表示該學的都學會了，決定自行創業成立清潔公司，專包飯店大工程，需要一間像樣的辦公室，方便接洽生意。

老婆照單買帳，零頭都不殺的，還鴕鳥式自我訓勉：當父母的，不能不爭氣不夠有錢，妨礙兒子出人頭地。

「全國近七成上班族年薪低於五十萬，這不明擺著餓死人！」兒子說：「看我以後每個月給妳寄十萬回來。」自嗨能力好到令人咋舌。

久不見面的老朋友問，過得好嗎？好啊！他總回。實情是，他說謊。說謊不可恥，與其讓別人知道他生活不如意，他寧可說謊，寧可腦袋放空強迫自己更平靜，更滿意此刻的生活。

還是老關好，與老婆離異雖孤寡一人，喜怒哀樂都不必向誰交代，小日常裡，時間慢動作入鏡，無所謂對焦，已然出鏡，全部餘生留給自己，細細熬煮不求出味，但求自在。

所有的期待鈍化以後，沮喪只是午夜夢迴揪心的事。即使溺愛以龐大後座力一再反噬，老婆還是會輕易遺忘，再接再厲，撐出更大的胸襟去包容。

疼痛讓他一直無法入眠，也許他真該到大醫院好好檢查。有健保、榮民補助，醫藥費應該花不了太多。

迷夢中，啜泣聲，聲聲入耳，他使勁裂開眼，見老婆坐床沿，半逆著光，影子壓過床面，壓上他，垂首抹淚，身上那件只有重要場合才穿的松嶺青色山寨版教練大衣，整排盤金鈕釦都沒解開。

「拜託！」他拍拍她手背，安慰：「傷沒有很嚴重啦！」

「又不哭你。」老婆抹掉淚膛下的粉底，用力吸鼻子擤鼻涕，面紙揉成團丟壁角已滿到散落一地的垃圾桶。忽起身衝進浴室嘔吐，乾嘔，胃囊空空僅剩消化液時才會發出的聲音。

「吃壞東西？」

「暈車了。」

「妳從不暈車。」

「除非心情惡劣。」她說，說的時候愁眉緊蹙，淡竭如橡實的杏眼精明盡失，眨巴著，掠過他頭臉的傷、腿上的紗布，沉浸在濃濃的哀悽裡，曲背拱腰，身量縮小兩號半。

「誰死了？」

從來講話隨興不怕得罪人，為了稀釋壞消息，老婆刻意裝腔作勢，「兒子下重手，跟我們玩了一場博奕，我才稍稍閃神，他就僥倖得逞。」

「可以說白話文嗎？」他伸手端起床邊的啤酒，灌一大口，擱整夜，苦死了。

「昨天，我想馬上要交屋了，支付尾款前該親自走一趟工地。」艱澀地嚥了嚥唾沫，舌頭舔向發乾的唇，稍頓，顯示接下來談及的內容將重磅登場。「沒有建案，沒有新屋。兒子給的地址是位於台中縣市交界處，一片廢棄的墓園。」

呼吸陡然滯塞卻心跳加速，他感覺需要一瓶嗅鹽才能不昏厥過去。

「那妳一年半來交付的頭期款和兩期工程款，都給誰了？」

「兒子說他『順道』幫忙繳。」

「收據呢？」

「兒子負責收好。」

「這是，第五次了吧？」

「我以為上次是最後一次。」

「上上次妳也是這麼說。」

天空褪色了，清晨現出夜晚的陰森，木棉樹的上方灰濛濛，吹進來的風都滲了冰砂與尖刀。

一段很長時間的沉默，他勉力坐直身子，雲隙裡透出的晨光將菸酒過度的鼻頭煸出油脂，彷彿只需一根火柴便能燎原。

可憐的老婆，臟腑一定都瘀青凝血了，但這還不夠，他加大力道挖苦：「放心，妳會用這世上沒人會的方法，將所有破口補綴起來，妳總是有辦法的。」

不留餘地澆油上火，儼然騎士靴後的馬刺，成功激怒老婆，瞬間躍起，直指他鼻眼，「兒子養廢了，你沒有責任嗎？」

記得兒子第一次為拿不到錢發飆，拍桌子，摔椅子，文具、書本掃落一地，握拳咬牙發出獸的嗥聲。

「你們不給，因為你們恨我不工作，肖想用鈔票掌控我。」

東窗再度事發，兒子照例不解釋，沒道歉，失聯十幾天，拉黑狂發訊息要求給個說法的媽媽。

反年改陣營的弟兄們在群組抱怨他失約，得知他出車禍，又超義氣地嚷嚷著要前來慰問。他一概婉拒。獨獨組長和老闆婉拒不了。

寒流來襲的午后，三人坐沙發上，呆杆，氣氛空白，彷彿每一口吞吐都夾帶冬日乾燥的落葉，憂悒得令人起疑。如果是某位袍澤病了、急難了，倒還簡單，眾人發起樂捐，探視，陪著愁慘幾日也就是了。然而，他的難題是生命旅途刮起一陣沙塵暴，過了這山，還有那坎。

組長臨走前提醒他，錢在銀行，人在天堂，沒能花掉的財富就不是財富，是遺產。

一個下大雨的黃昏，兩名與寶哥差不多年紀的壯漢拎著黑傘無預警上門討債，自稱地下錢莊打手。他駭異中認出滂沱雨簾下，其中一名目光閃爍，是兒子國小同班同學，主張報警。老婆死活不信兒子會聯合外人坑自己父母，要求及時救援。

「我們的財產最終還不都兒子的？萬一他被剁手剁腳關狗籠，你千金難買後悔藥！」陳腔濫詞，充滿滾石上山的執迷。

千里築堤即將毀於一個了尾仔囝。他領悟，親子間各樣關係的形成皆非單向，是一種合謀。

痛覺時刻折磨他，坐視不管的傷口四周比先前更紅腫，滲出黃膿液體，趾甲連向腳板上方膚色都變深了，接著發熱，起水泡，渾身打冷顫。

捱到月底，法院難得超高效率，裁定，他得繳交十八萬罰鍰。

船遲又遇打頭風。

女兒將他送往榮總就診。感染科醫師評估，蜂窩性組織炎，需要進行化膿傷口引流以及清創手術。

「清創就是把感染、壞死的部位通通刮除乾淨。」醫師進一步解釋：「一般人容易輕忽傷口，習慣將小病拖成大病，假使病灶過度嚴重，萬不得已，截肢才能保命。」

老婆始終故意不發現他的腳傷，卻立即察覺銀行帳戶短少的數字，裡頭包含他們的旅遊基金，說好的，湊足整數就撥出十分之一，到京都賞櫻。三十幾年前國軍聯合婚禮，禁不住弟兄再三慫恿，他們去過一次，嵐山、哲學之道、仁和寺、宇治川……美景猶如畫卷。迎接新年的除夕夜，在下榻的民宿搗麻糬，喝清酒，自誇與京都緣分深厚。說好的，日後她負責找鐵道附近便宜民宿，買阪急電鐵雙日券，選擇賞櫻二級戰區，避開人潮，例如山科疏水和醍醐寺。他們說好的。

問明車禍原委，老婆當下怨懟沖天，說她計較的不是錢，是原則問題。

「那我們的日本之旅呢？你隨隨便便就把它送給無情無義的政府，有沒有想過我的感受？」

「又不是不讓妳出國，只是晚個半年，等我們存夠錢。」

「問題你錢永遠存不夠。」老婆筋疲力空，擺擺手，「為了完成你偉大的財務規畫——」

一句話沒能講完，他手機噹聲，組長傳LINE，後日，退伍軍人協會舉辦的春節聯歡晚會，欲參加者須先繳交餐費一千。

這麼重要的事，他居然忘了。

為快點結束爭論，他急呼呼的說：「我努力攢聚還不是為了這個家，讓妳退休後安心養老。」

「每天看存摺上的數字就能安心嗎？」朋友臉書曬照片，暢遊歐洲，威尼斯花神咖啡廳下午茶，令人嫉妒的貴婦美照，直恨入心。她多想花錢買「被人看得起」。

「妳在鶩什麼？這麼多年不也過了？」

「這麼多年，我累了。」

「先給我忍住，我保證兩年，不，一年，好吧好吧，半年，半年後一定帶妳出國。聽見沒？」像要爬出懊惱的泥淖，他拋出殘存氣力，粗暴的收束，頑強成一個慣犯。

與老婆冷戰，用得上的狡詐不多，畢竟是摸透他脾性的枕邊人。眼前的難題是如何挪湊千元，順利逃向酒精濃度十五趴以上的琥珀深淵歇息。

「搭計程車去吧！」女兒見他牽出老舊的腳踏車，忙勸阻。「萬一喝醉了，你腳傷又還沒痊癒，恐怕危險。」

開什麼玩笑，搭一趟計程車得花多少錢？女兒出錢也不行，但鈔票他收下了，穩妥放進口袋。他很清楚，自己有個不適合養尊處優的體質。

這種廟會式的狂歡是的他最愛，好酒傾洩入喉，放縱與耽溺不在聲色，而在同溫層口徑一致，撻伐腐敗、濫權的執政黨。

放膽喝開，由嗨到茫到頂，是有條緩衝線，如果不節制，持續追酒，很快到達頂標，可能「獲利回吐」，狼狽啊！

最慘是逞英雄，裝行。

「別騎車了，醉成這樣，我載你吧。」宴會結束，組長好心提議。

「我沒問題。」跨了三次才上到座墊，他其實腦袋一坨醬糊，手腳不聽使喚，偏要。「改天見，新春愉快啦，大家。」

單車趦過第一個路口就摔了。倒楣的計程車運將雖機伶地及時煞車，仍無可避免車頭迎上前輪，「害」他揣在懷裡的紅酒碎成一地。這景象似曾相識，耳中傳入卡帶播放的無常經：

大地及日月　時至皆歸盡　未曾有一事　不被無常吞……

原來夢不是夢，元神不曾回竅，捨肉身而去。

恣意任為的額度也許上回車禍已然用罄，他僥倖增貸一些，仍經不起過度揮霍。總之，沒了呼吸心跳，他靜止躺水泥地，烏雲攏聚的天頂雷電交加，身上僅僅單薄老舊夾克外套、牛仔垮褲，寒酸如乞。

計程車司機哭喪著臉告訴前來幫忙協商的組長，願意負起道義責任，賠償十萬。老婆第一時間回絕，揚言求償二千萬。

得妻若此，真欣慰。

雙方爭持不下，檢警只好調出監視器，仔細比對，發現他的確先自摔，計程車才抵達，百分之一秒的誤差。二千萬不可能，十萬元也飛了。

老婆撫臉痛哭，邊騰出氣息斥責組長與眾弟兄，不該猛勸酒，害他死得不明不白。

死還死得不是時候。冷冬，許多老弱長者身體難以負荷，競相撒手人圜，造成公私立殯儀館大爆滿，冷藏櫃不敷使用，他老婆必須沿路紅包打點，才能讓他覓得一處靈堂安身。

「要不要請比丘尼為爸爸誦經超渡？」女兒問。

「不用。」兒子果斷否決，「爸爸最節儉了，妳敢替他亂花錢，肯定生氣。」

他驚駭望向奈何橋下，無數亡靈無舟楫可渡，徘徊岸邊，倉皇失措。

想要求老婆幫燒一艘紙船，喉嚨卻瘖啞發不出聲

「入殮前至少該請禮儀師替爸爸淨身，換上新衣服。」

渾身髒汙的他，還飄著一股惡臭，額頭淌血，左小腿傷上加傷，粉碎性骨折，

狀甚慘。

「火化以後應該就沒差了吧，哪那麼多事。」

不孝子！

可惜這多年他錙銖計較，力氣都白費了。陰魂醉醺醺的抹掉眼淚，形體無比落魄，隨隊伍踉蹌前行，缺乏紙錢買路，沿途屢遭排擠，為此特別想念銀行裡長排的阿拉伯數字，那八間滿租的套房。

如果人生得以重來，他該累聚虛幻的存款，亦或實境體驗財富帶來的奢華？如果，可惜沒有這種水果，水果爛了就爛了，像人，死了就死了，所有假設，皆屬無效操作。

外省姊夫

伯儒：

暑假過後，阿敏就要上高中了，需要買新制服、新書包和新鞋子。兩件白襯衫加百褶吊帶裙一百六十元，書包三十五元，皮鞋四十五元，總共需要二百四十元，望你收到信，趕快寄錢回來。

阿敏坐在客廳斑駁四方几前，攤開一張白底畫紅直線的普通信紙，底下墊著國語課本，手握原子筆，寫得小心翼翼，慎防額頭、兩鬢冒湧的汗水滴落，糊掉重要字句，惹惱敏爸。

酷暑驟臨，四圍無風無搖，整間低矮瓦屋熱浪習習，活像農曆年蒸菜頭粿的大灶。家裡唯一的電扇永遠對著敏爸吹，敏爸手裡永遠夾一根新樂園，少量漏網微風，遭煙圈滲透，直噴她臉，欸！每隔十來分鐘還要至稻埕耙翻一次曝曬的稻穀，稻芒扎進手腳頸子，奇癢無比，赤野得她快抓狂。

這封信不是寫給她四個哥哥的任何一個，是給她姊夫。按敏爸的邏輯，女婿即半子，跟女婿伸長手，很可以。

「信尾敬語要寫什麼？」她操著國語問。這樣問的同時，她是邪惡的，欺負敏爸淺薄的中文程度，解氣。

「禁語？」

「不是啦！就跟你講，不懂要問。」

「幹！」活到五十幾，還被女兒言語嘲諷，他一個怒，壁角抓起掃帚，臭幹六譙配音追出庭埕，滔滔烈烈，聲喉之大，像是怕厝邊頭尾不知道他有多蠻多蠻橫。

阿敏腳底抹油一溜煙下階梯，上小徑，沒入銀柳田。腳程沒她快的老歲仔，氣到只能站駁坎踮腳尖。

阿敏是真能跑，庄仔內沒半個是她對手。國小位於義德街，離住家一公里遠，上下學她從不帶傘。蘭陽平原一年三百天濕漉漉，扣掉星期假日，二百天，她光著腳丫練衝刺，練成野丫頭和大腳婆。小六參加縣運比賽，短跑，得金牌，風光上報。村裡叔伯阿姨們私下裡八卦，說她追阿兵哥追到月眉橋頭，三個跑輸她一個。

*

那也是個盛夏，現役軍人到庄仔內幫忙收割水稻，割稻穗、挑扁擔、踩打穀機。

阿兵哥呷饅頭呷得牙齒烏趖趖……

阿兵哥錢多多，沒某，真囉嗦……

小朋友田裡撿稻穗邊玩耍，邊胡亂唱和。

斜陽向晚，任務圓滿完成，敏媽熱情挽留作伙吃暗頓。家裡四個女兒，最長僅僅十八，依序亭亭排列，羞澀如新月的嫣容便一馬平川地駛入羅漢腳的心田，顧不了國防部再三宣導，不能領取酬勞，不能接受農民招待，不行這個、嚴禁那個……。廢話有夠多。日頭赤炎炎，行軍便當未到中午已餿酸，只能給敏媽餵雞。野戰廚房耗工費時，餓死人。畢竟兵在外，命令有所不受。

「那怎麼好意思？」

「很好意思，吃就對了。」

真正是軍愛民，民敬軍的具體展現。

等待的空檔，見野溪旁果園裡的蓮霧剛成熟轉紅，鮮嫩欲滴，順手摘下一兩顆，急呼呼塞進嘴裡解渴，渾沒留意左側枝椏垂吊的紅布條。

敏媽廚房窗口瞟見，抓著鐵鏟衝出來，急驚風似地，「誰摘蓮霧？緊加伊掠回厝裡來！」

正經時候偶爾顯露出某種令人敬畏不敢放肆威嚴的敏爸，檳榔汁塗成一個血盆，神色俱厲現身。

三名阿兵哥不明所以，不明白這個頭家娘願意殺雞宰鴨請吃飯，為何計較幾顆果子，也照理應該沒聽過她爸的黑料，不曾見識過他的流氓氣有多重，竟驚惶轉身，起步跑。

如果他們不要那麼做賊心虛，就能聽見敏媽隨後補上的，「夭壽喔！昨天才噴農藥，是欲吃去給閻羅王做囝鮘？」

「敏啊！快去把他們追回來。」

阿敏完全不曉得是要怎樣在農藥下肚，血液運行快速的奔跑中，適時把人拖住，逼他們灌下五百CC牛奶中和，攔阻死神的召喚。

火速搶在前頭，煞步如滑壘，兩腿岔開兩手高舉也只是搞笑的膛臂。阿兵哥上氣狠接下氣，愕然，六眼圓瞠，難以置信她的飛毛腿，口袋裡掏出現金，但願她小人有大量，放一馬。

連長聞訊趕來的時候，庄裡人聚集半數到她家庭埕看熱鬧，議論紛紛，聽說要就地處以軍法。光「軍法」兩個字就足以讓這群久居山城的農民興奮到摩拳擦掌。跟虎頭鍘有關係嗎？拜託，又不是包公辦案。會不會子彈爆頭？你以為演電視劇哦！那到底是怎樣罰？十多雙樸實無華日曬過度白濁乾眼齊刷刷望向正前方。

前呼後擁全是兵，官威好大，戴著盤帽的連長挺拔登場。

擱真緣投。敏媽首先畫錯重點，後頭居然讚嘆聲此起彼落，這些阿姨們真的很歪樓。

「聽說我的兵偷了你們的水果，真是非常對不住。」外省口音斯斯文文，加深加廣農婦們的好印象。邊說話邊拿出一只信封，遞上來。

被推到人群中的阿兵哥嚇得直顫抖。

「不是不是，你誤會了。」敏爸排眾而出，說話前先清理口腔，呸！手背抹抹，舉目，神色有種凜然的深邃，庄裡人才會理解的意見領袖氣質。「是我女兒沒及時提醒，害他們吃到有農藥的。你看喔，最靠路邊那兩棵才能吃，特別留的。沒事就好，大人你不要生氣，進來一起吃飯，吃飯皇帝大。」一邊不著痕跡，信封收起來。

爛好人！每次都來這套，犧牲小小的她，完成大大的他。

好喔！你那麼行，你自己去交涉，阿敏決定現在開始嘴巴禮拜。憑她爸那口講五句未曉三句，土味含量八十趴以上的破國語，很懷疑怎樣能跟人家無障礙溝通。

眼看敏爸挑眉歪嘴，兩隻手用力比畫，額頭熱汗猛冒，連長依然一臉霧煞煞，她大姊不忍心，低首垂眉十指緊張交握置小腹，靦腆出聲救援。

「連長說，要他們幫我們家再勞動服務兩天，作為懲處。」

「我爸說，不用了，軍民一家親，有空來喝茶。」

哎呀！真的很掃興。好好一齣戲三兩句被他全毀，茶餘飯後也沒了談資，村民失望擺擺手，各自返家。

她大姊婉約的言語和連長茂盛的軍魂，興許就在那一刻天雷與地火悄悄相觸，燃起愛的火花。

前些年，國民政府積極喊出凱旋計畫，「一年準備，二年反攻，三年掃蕩，五年成功」，號角卻是越吹越稀微，刻意的隔離政策，以為蹲踞島上緩過一口氣，就能凱旋回故里，致使許多撤退來台的青年軍早早過了適婚期，不得不踏實考慮落地生根。

她姊和姊夫的姻緣可說走在時代的尖端，很潮的自由戀，很潮的約會、書信往返，瓊瑤小說的三廳外加熱線妳和我，很潮的有愛。

那日，她姊夫準備到金六結軍營，大姊從台北休假回來，手裡拎著大小包行李，羅東公路局總站等候巴士，無聊又膠著的半小時，兩人不同路線，一左一右，隔著羞澀的距離，目光倏然銜接，當即認出那個誰。她姊夫戎裝革履，虎目、高鼻梁，黑色皮鞋啵亮，一整個挺拔，令她大姊如詩的少女心霹澎彩，竟爾走神掉落手中紙袋，彎身欲撿，姊夫已飛步來到跟前。嘈雜公車站內頓時沉寂，眾皆沉默傾聽他倆喘息。

「沒有早一步，也沒有晚一步，剛巧趕上了。」

在千萬人中遇見你，剛巧趕上的愛情，是不是都該安裝一段張愛玲？

許多年後，回首這段煙塵往事，大姊還會害臊得抿著嘴文文笑。

「又不缺手斷腳，又不是頭殼壞去，嫁給外省兵不如剁剁給豬吃。」六個姑媽風聞消息，聯絡一眾嬸嬸，浩蕩趕來，企圖翻案。未及寒暄話家常暖暖場，已真情流露目屎掛在目睭眶，直奔主題，跟她們的哥哥她爸爸親情喊話，「好人家才不會把女兒嫁給老兵。」

然而，她家離「好」字尚差十萬八千里。

「他們是跟著蔣總統來的，」阿敏她從壁角擠出腦袋瓜子，路人甲地不負責任發表淺見：「我們老師說，蔣總統很偉大。」

「那麼偉大，為何整個大陸都搞丟了？」大姑媽是最早撕裂族群的禍首。端起茶水呷半口，重擲她爸面前，逼他出聲。

「聽說老兵在大陸攏有某，嫁過去不是正室，是小三。」四姑說話就說話，還露出曖昧的詭笑。

「萬一有小孩，更慘，將來什麼都分不到。」屘姑也是攪和高手。

「何況，他給得出聘金嗎？」

說到底，錢才是重點。財富是婚姻的幕後推手，不僅決定她大姊的感情走向，也畫定她姊夫的前程碼數。

眼看女兒的終身大事被預言悲慘到不可救藥的地步，敏媽憑藉一向欠栽培的真知灼見獨排眾議，開口就子彈連發，說她相信相由心生，單以顏值即能鑑定出那個連長乃打著燈籠沒處找的乘龍快婿。

「看到沒？人家額頭飽滿，目光正。我長眼睛沒看過這麼將才的。」此話一出，敏爸略略不自在，扭動身子喬姿勢，但沒吱聲。「嫁本省人是有多好？看看素珍、麗華跟秀玉，查某囡嫁尪，攏台灣人，舊年，一個跳溪，一個吊脰。是有多好？」她不是丈母娘看女婿，她就事論事，拍板，為她姊姊打好婚姻的前哨站。

四姑媽不甘被打槍，仗恃她念過幾年公學校再接再厲揮舞重錘，「軍人不只收入微薄，經常移防外調生活難以維持穩定，最慘的是語言不通。」

顧慮得倒是有憑有據。敏爸那類沒受過正規教育卻也懂淡薄詩書的半老台客，連跟鄉公所的辦事員、農會的幹事也經常雞同鴨講，遑論生活習慣天差地遠。

「連紅閣桌亦闕如，是都不拜公媽神明嗎？」

這記重拳瞄準胸口，敏爸須得吞一大口仙草冰方能止痛，臉面刷白，兩眼定在洗石子地板上，蓄積能量等著發作。幸好敏媽及時將肅殺的氛圍帶入高尚的「讀冊人」，有效緩解他的疼痛。

「咱兜幾代人，有幾個好命讀過冊？我打聽過了，那個連長的爸爸當過鄉長，叔叔是中學校長，全是讀冊人，你們說，咱兜誰有這麼出脫的？」

「出脫」一詞深深擊中大姑媽要害。前年大表哥跟朋友成立建設公司，因為生疏法律條文，合約沒看清楚，或看清楚了也辨識不出陷阱，慘賠。鄰里後頭竊竊評論，書讀太少啦！沒出脫。

沉默不及五秒，姑媽們的窮識感又夯起來，交相舉證中國「老兵」個個患有身世涼薄的人格缺陷，就像慢性疾病，要敏媽不要諱疾硬暗崁。

根據她大姊回報，那位連長，官階上尉，月薪餉四千二百元，軍方配給眷村平房一小套，十五坪上下，米、油、鹽按月定額配給，父母、親戚皆滯留大陸淪陷區，無田產，少量積蓄，身世清白，如同一張圖畫紙。

「往好處想，不必操勞農務；不必費心侍奉公婆；不必看小姑、小叔、妯娌臉色。」

又扯到小姑，在座的三姑六婆瞬間被得罪，氣噗噗，忌憚敏媽難搞大嫂，隨便惹火她隨便飆罵，死相通常很難看，敢怒不敢言。

「但，年紀那麼大，三十二歲，會不會太老？」

「素珍姨三十一歲守寡時，妳說，那麼年輕，好可憐。」

三姑一巴掌搧過來，「囡仔人有耳無嘴。妳老爸四十一，丈人女婿才差九歲，會給人笑。」

最後四個字令敏媽反感度暴表，「不然把她留在家裡當老姑婆好了，將來分祖產得算她一份，恁的厚生得替她安神主牌，照初一、十五拜。」

「沒人在拜姑婆的啦！」關乎利益，五個嬸嬸充滿危機意識，集體倒戈，聲援她大姊嫁作外省媳婦。

貧困年代，愛情太奢侈，簡單談談就好，結婚仍馬虎不得。她姊夫央請軍中長官當媒人，選一個黃道吉日，帶著義美什錦禮盒，前來商量婚禮大小事。

這種尷尬時刻，只允許媒婆和雙方父母參與，待嫁女兒不宜出來拋頭露面，但考慮彼此隔言如隔山，她爸下令，「敏啊！」

她乖乖搬了張圓板凳坐中間，當口譯員。

雙方你來我往，盡在新台幣裡打轉，談論她姊的終身大事，像評估一隻牲口的買賣，讓她羞恥得兩頰汗光閃爍。

最後敲定，聘金一萬五，大餅附米香一百個，嫁妝一項鍊，三錢，一戒指，五分，此後兩不相欠。

她大姊做為窮鄉僻壤重災區的女兒，終身大事談妥，卻沒有歡天喜地蒙神眷顧的美好憧憬，只有深水炸彈擲入內心的惶恐，和不得不的認命，幸與不幸全憑運氣。

「妳怕嗎？」阿敏天真地問。

「我怕的是妳。」大姊說：「庄仔內每兩三個月就來陌生人，誰家女兒被挑上了就回不來。少了我的收入，媽身體越來越糟，沒人頂著，妳跑得再快，能跑上天嗎？」

彷彿站在人生的寒光中，阿敏領悟得很悲情。是她讓大姊邁不開腳，開創美好未來？村裡跟她一般大的女孩們，明明有父有母，卻是類孤兒。她不是沒有感受到四伏的危機，只是不願亦不敢直面。

婚禮定在重陽節後一天，料想當天應該不會有太多親友參與，畢竟貧居鬧市無人問，何況人口不滿百的月眉湖。沒想到當天來了一連的阿兵哥。

壯漢們自備爐灶、餐具、碗盤、食材，在她家三十幾坪大的稻埕架起棚子，埋鍋造飯，席開十二桌，高歌歡唱：

頭頂著青天，腳踏著實地，我站在硬漢嶺上，

堅決地，堅決地，向天立誓，幹一番轟轟烈烈的大事業。

笑語替代鼓樂嗩吶，喜洋洋。

左鄰右舍提著自家農田出產的各色莊稼，作伙來觀禮鬥熱鬧，讓敏爸超露臉。大姊瞇起雙眼，追憶彼時，真像極了繁華，更像極了幸福。

待吉光片羽乍然隱去後，她大姊拎著一卡灰色舊皮箱，三步一回頭，目屎糊著鼻涕，為自己被從中攔劫的荳蔻年華掬一把清淚，此後便將如安農溪湍急的水流，浮沉著飄向遠方。

鏡頭拉得很長，長如暮景餘暉，後方是多坑洞的防波堤，尚未踏足，已是坎坷。敏媽難捨依依，相送到月眉吊橋上，手裡提著自製的醃蘿蔔、醬冬瓜和硬擠出的一丁點現鈔，再三囑咐照顧好自己，常回來走走看看。轉頭，愕然與女婿四眼相對，霎時啞口，比手畫腳亦傳達不出深情厚意，只牽起女兒的手，擱往女婿掌心，輕拍幾下，點點頭，算是丈母娘全部的千叮嚀萬交代。

那以後，若無重大事故發生，例如，敏媽又病了或青菜、柑橘過量豐收，得派個人提到菜場叫賣、顧攤，每年寒暑假農忙結束，敏爸會將她發配至姊夫家，藉口陪伴外甥、外甥女，實則混吃騙喝，占盡人家便宜，像個無賴。

婚後，她姊夫一度被調往金門服役，眷屬安頓於楊梅埔心金門新村。「姊夫再好，亦是外人，記住了？」臨行前，敏媽拎她到暗房裡，再三耳提面命，「做事要有分寸，講話要經大腦，家事要盡量撿起來做，要乖，別闖禍，總之，不要讓人看衰小。」

問題是，已經衰小，能怎麼讓人看偉大？

她用力裝乖，搗蒜式點頭，但求她老媽止住自我欺哄的荒謬，那種不斷與現實拉扯，較真後又不斷妥協調校出來的圓融，及至年長，偶爾憶往，依然讓她很無言。

早期的眷村，與她三星月眉湖的家比起來，真是個侷促的所在。戶戶具體而微的陋室，兩房兩廳，比牛稠間大不了太多。不得已，廚房權且安置屋後，一片石棉瓦加帆布棚簡單搭設，瓦斯爐、洗碗槽、小菜櫥，相親相愛送作堆，水泥檯上只夠放砧板。

日頭滾落天邊，成群嬉戲的小屁孩，瘋狂玩樂玩得昏頭轉向，直接穿堂入室，走進別人家也不覺得哪裡不對，反正向左轉向右轉，總有一間是自己家。

阿敏姊夫調回桃園陸軍司令部以後，每日早八晚五如上班族，收入雖薄，養一家子尚可，養兩家子就太費力了。是的，兩家子，她爸出於無愛，肩頭一斜，重擔平移，兒子、女兒，難管教的，交託得毫無愧色，三不五時還要求江湖救急。萬不得已，她姊夫斜槓賺外快。

遠遠落在普世期望值之外的他，奮勇練出三頭六臂，每日凌晨即起，開計程車，為菜市魚販到基隆碧砂海港批貨，回程再將魚販秤好包妥的海產，挨家送進富戶廚房。六點返家，補眠兩小時。

為了落實打工換住宿，每日，天色剛亮，阿敏便提著空水壺，往屋後穿過四維國小，念著高聳、神祕又閉鎖的圍牆上圖文並茂的標語：人人敵愾，堅強壁壘；步步設防，制敵死命。一路彎行，往曲折狹窄不知終點通往何處的巷子鑽。兩旁，牆與牆後的房子永遠灰撲撲，少少早起的居民，大多穿白汗衫趿著拖鞋打呵欠，是一個不需要著急去幹麼的天與地。踅往三龍新村後，念完「不妥協，抗戰到底。不屈服，最後勝利。」數完第五十六面國旗，就來到孟伯伯家的早餐店，買豆漿、燒餅油條。

「我的那份要加一個蛋。」她的奸巧，其來有自。

姊夫知曉了，那張敏媽認證過的英俊敦厚臉龐略略莞爾，和顏吩咐，下次幫每個人都加顆蛋。

去她姊夫家，完全就度假的概念。姊夫除了工作、睡覺，其餘時間陪姊姊上菜市，陪小孩作功課、說故事，野外踏青。

阿敏生命中第一個玩具，塑膠娃娃，姊夫買的。第一本課外書，《水滸傳》，姊夫給的。第一件洋裝，姊夫送的。

只要臉皮夠厚，無感於寄人籬下的卑微，生活便有滋有味，餐桌上的食物，儘管辣到翻天，永遠足夠填飽她動不動青狂枵的肚皮。

眷村的日常，黃昏五點過後，挨家挨戶便傳來啪啪聲，點開瓦斯爐，騷動的起始點，不久後氤氳上騰，起初油膩濃嗆，夾雜生辛與腥澀感。逐漸逐漸，味道如純釀醋醬油膏，各家料理，彼此混雜也交融，熱水滾燙或水分收乾後，濃烈、稠實、鮮腴，混合成一大鍋雜燴，只鼻子有福消受的豐饒。

老鄉，麻煩米酒借一下；我這兒薑用完了，你青蔥給兩根；蒜頭不夠味吶！……誰家日子過得滋潤或粗糙，誰都瞞不過誰。遇上假日，掌杓揮鏟的，半數以上是爸爸們，一眾地，白色棉紗吊戞配短褲。

好多初體驗，她家廚房不曾出現過的擀麵棍和麵粉，她家餐桌嚴禁的水餃、包子、饅頭（因她爸吃了會溢刺酸）。

阿敏姊夫下班返家，公事包交給大姊，脫掉軍服套入衣架，擼起袖管走進逼仄卻通風良好的廚房。她大姊站一旁當副手，洗菜、遞碗盤，兩人輕鬆談笑，絮語如吻，食材在炒鍋裡恩恩愛愛，將一個家疼寵得那麼深，是她父母不曾有過的親密時光。

「你煮那個菜，可以不要放那麼多辣椒嗎？」她曾弱弱的哀求。

四川渡海來台，標準辛辣控的她姊夫，善廚藝。同時也是人之患，在好為人師。「瑪雅人用辣椒做巧克力。明代戲曲家湯顯祖所著的《牡丹亭》中，列舉了三十八種花卉，其中之一便是『辣椒花』。」

讀冊人就是囉哩囉嗦，卻也大幅度開拓她的味蕾和視野。

「我跟湯顯祖不熟。」

「清朝末年，貴州地區用水泡鹽塊加海椒當作蘸水，我們四川人吃豆花的蘸水。」

蛤？吃豆花當然是配紅糖薑汁呀！

常常晚飯尚未開吃，已經薰得眼淚鼻涕齊流。基於缺稀的窮人思維，她智商驀然降低水平，忍受度顯著提升。耗時一個鐘頭，端出來的菜色，宮保雞丁、豆瓣鯉魚、椒麻豆腐，食在思蜀，舌頭脹成豬頭也要包飯吞進去，太香啦！

宛似慈父的身影，擴張鮮明，直如舞台劇裡燈光燦亮。多年後，自幽深邈遠處打撈，仍扎實嵌在海馬迴的記憶體裡。

在她家，敏爸進廚房只兩目的，洗澡以及吵架，吵架也不一定有對象。

「幹恁娘！那些死國民黨。」洗澡水噴出膠簾，像他呸出來的口涎，還帶著泡沫。

「起痟喔？」敏媽的政治立場總是模糊有顧忌，兼又感恩守口德，特別有了一個外省女婿以後。

敏媽難以想像，有時清晨，有時夜裡，外省女婿談起往事，會含淚忘情地怨嗔他的蔣委員長，悲嘆遭騙來台，晃眼數十年，歸期、親人，兩茫茫。

但敏媽是明白人，明白半子的體貼、孝順完勝她一票兒子，千萬別逞一時口快，犯禁忌，連累女兒女婿。

假期結束的日子，通常剛好遇上中元普渡。大街上鎮安宮廣場前，口咬柑橘、鳳梨的神豬排排躺，場面血腥、浩大如嘉年華。軍人口裡眼中的老百姓，對好兄弟的厚禮數，她姊夫硬是領略不來。尋常日子，三餐都難溫飽，為何要耗費巨資置辦牲禮。他寧可省下錢給她們買新衣。

提前一個週末，開車到中壢採購，一定要的。

歷經十八載少衣縮食的寒徹骨，逐日油水潤澤豐腴的她大姊，快速培養出好人家才有的品味，開始懂得精挑細選，認定埔心和楊梅都沒好貨色。返回娘家的伴手禮亦得講究體面，超群、郭元義、檜木羊羹、森永牛奶糖……。導致她姊夫口中的惡霸（阿爸）產生極大誤解，更讓他陷入長久的被剝削。

「恁姊夫很會賺錢？」挑個午後，少人走動的佛祖廟口，敏爸買一塊炸番薯折半分給她，鬼祟兮兮的問，要求實況報導兩個月寄宿的點點滴滴。

不同於敏媽對女兒的婚姻生活，日常如何，關懷再三，他顯然對女婿的財力比較上心。

「大姊愛風神，硬要去借錢買等路。」這，敏媽教的，預防她爸起貪念。

他們陳家父女一脈血緣，相互依存也耗損，全不妨礙祖公仔真傳，撒謊面不改色。「常常吃飯澆醬油，你不知有多寒酸，那身肥嫩肥嫩，都是軍中配給的白米、廉價劣質油糖撐出來的。」

敏爸無名惱怒，手裡番薯塞給她，忿忿跨上他的孔明車，菩薩面前擲筊求籤一樣嘴巴喳喳唸：「不是說讀冊人多厲害？騙痟吔，跟國民黨同樣，干焦出一支嘴反攻大陸，沒三小路用！」

嫁出去的女兒回娘家叫作客。在他們這山野小村，阿敏不知看過多少虛情假意的丈母娘，單用嘴巴歡迎衣著寒酸的女婿。而敏媽接待女婿是掏心掏肺，口氣與身段都保含疼惜的水分。已經宰了雞鴨、包粽子、做蘿蔔糕，還要追加問一兩句小哥前晚給她惡補的台灣國語——

「有沒想吃什麼？」
「什麼都好。」
「不要客氣，儘管說。」
「那就，地瓜。」
她姊夫知曉家裡經濟情況，體己地，提一個敏媽最能省心省事的，沒料到她媽媽當場楞是傻住了，因為地瓜的國語發音和豬肝的台語發音太像了。
豬肝因其營養豐富又飽含鐵質，被視為補血聖品，那當時抗生素和膽固醇尚未被檢驗出，仍是好野人家餐桌上的珍饈，平民百姓只有破病開刀、婦女坐月子才吃的民間特級補品，貴到論兩賣，一兩要價十五元，一斤二百多元。她堂哥任職高中老師，月薪也才六千二。這可不是「殘殘豬肝切五塊」的笑話能一語帶過，這簡直要逼敏媽去跳電火溪。
「你跟我媽說你要吃什麼？」大姊兩頰漲成紅麵龜，拳頭如雨下，數落她姊夫「枵狗痟想豬肝骨」的模樣親像敏媽附身，有夠殘。
敏媽偏愛她大姊夫另有一原因，姊夫完整承繼她媽打花牌才華。根本沒血緣關係，硬拗是遺傳。年節大夥兒試手氣，玩十胡仔，四種指頭大小般的花花紙牌，薄裡稀，弄得她兄姊們手忙腳亂，稍稍不慎就掉落一兩張，看牌打牌常慢半拍，聯合想出車輪戰，最終依舊大輸。她姊夫，被軍旅耽誤的賭神，算數驚人，誰吃什麼打什麼，了然於心。將士象車馬炮兵卒，精準猜中。做為上家，故意餵牌、放水，樂得丈母娘心花怒放。

少年岳父不動聲色吃味。逗老婆開心從來不是他的正經事，撩妹才是，國父忠實信徒，博愛，風流史攤開來，庭埕鋪到月眉湖橋，可以在廟口歕雞胿一千零一夜。拉著阿敏悄悄退出牌局，到後院忙活。

一句「澆醬油」把他驚到透早上菜園，趕早市，賣了青菜蘿蔔，買了兩個茄芷袋滿滿南北乾貨，塞進她姊夫計程車後車箱。

「準備這麼多？」魷魚、小魚乾、鹹豬肉、玉米、龍眼乾、花生米、香蕉、醬菜……。阿敏大惑不解。「是要給阿姊拿去賣嗎？」

「給妳姊夫帶回去啦，戇人！」她爸難得發慈悲，口氣還是很角頭。「吃飯澆醬油，怎麼能久長？早晚吃出病來。」

「我以後不去他家就好了啊。」適逢青春期的阿敏還真劉姥姥，食量大如牛。

「戇人！」敏爸今天火氣特別大，「叫妳去他家，不是讓妳去玩。恁姊夫，讀冊人。龍交龍，鳳交鳳。妳跟著身邊好好學，有書加減讀，不要只顧迌迌，將來恁母啊都靠妳了。」

阿敏一把三星蔥拎在手裡，呆住，想著敏爸是不是因為她善意的謊言，棄邪歸正，終於變成正常人。

直到隔年，夏日的尾聲，姊夫帶她們到基隆搭花蓮輪，回家時，口袋裝滿貝殼，嘴裡忘情哼著侯麗芳唱的廣告歌曲，阿敏的空喙哺舌才熗空。

我是海上的璇宮，我是水上的遊龍；
載滿一船的歡樂，駛向金色的碼頭。

倚靠甲板欄杆，眺望海面金光燦燦的日出，銀藍、黃澄海水瀲灩彷彿碎裂的鏡面，仰望遠方鷗鳥自由翱翔，遊客驚喜聲裡，尋找海豚出沒的可愛身影，體驗熱浪、細砂覆沒腳踝的迷離景象。夜裡入住統帥大飯店，隔天暢遊景象壯觀的天祥、太魯閣。省略暈船嘔吐那段，敏媽聽女兒描述，聽到踅神踅神。

於今回想起來，那真是一段關於她年少奢華的長途旅行之美好記憶，因此，讓她有了夢想的能力。

有些人，終其一生在一個地方落地生根，打拚一世人，一世人終老原地，如她父母以及多數的村民。有些人千里跋涉到達遠方陌域，和一群異鄉人成為好友，緣分再深一點，進階為家人，如她姊夫。

涼風有信，客途秋無恨。

*

阿敏爸冷眼旁觀，憑他吃鹽多過女兒吃米，調解委員十數年處理過民、刑事多如牛毛的江湖老練，早早看透她的畫虎爛。

「妳給我回來，把信寫完！」站駁坎邊的他，一手扠腰，踮腳尖，一手指天咒地。

女兒大到膽敢違逆他，他沒理由生氣，但也高興不起來，僵持略略幾分鐘，垮下肩膀，轉身環視三間堂屋，夕暮寂寂，燕單飛。心臟跳得很緩慢，聽得很清楚。

老婆過身後，女兒一個接一個出嫁，兒子結婚自立門戶。只剩這個最屘仔。他曾經恨極惡極的成天嘈雜喧鬧，像猴群，更像雞舍，如今，歲月把清靜還給他了，若沒這個小女兒，他儼然孤獨老人。

進廚房，冰箱拿出豬肉絲、剩飯、青蔥，炒炒一大盤，另外再煎個蛋餅鋪上頭，這樣道歉應該夠誠意。

父女對坐，阿敏將寫好的信遞給他，彼此無言，整屋子掉入一口井。夏日反常冷涼的屋內，好在有電視機幫忙製造人氣。電話鈴響起，真悅耳。

「喂！」

姊夫打回來的。她接。電話那頭傳來卻是大姊的嗓音。

「下個月我們回四川探親，停留一個月。第一次返鄉，需置備大量伴手禮，這個月，沒法寄錢回去。」

敏爸面色像汎期的電火溪，泥沙滾滾，青黃掩映。擱下碗筷，起身至牛椆間，牽出他的孔明車，朝滿池墨黑騎去，像早年與敏媽大小聲相嚷後，拂袖搶出家門，浮浪街頭。明明有個家，卻隨時在逃離。

跟外省女婿比起來，他更像漂泊異鄉的浪人，一顆心從沒定錨過。

關於阿敏眾姑媽煩惱她大姊夫可能的所有糟心的揣測，事實證明，全是情感過剩的溢漏。

收拾桌面，清洗好碗筷，天已黑盡，阿敏猜想，她爸今晚是不會回來了，外頭那些阿姨的家都比她家更像他的家。和庄仔內的孩子一樣，多半時候她也是類孤兒。

背完暑輔老師交代的三十個英文單字、例句，她抽屜裡拿出姊夫新買給她的《西遊記》，潛入東勝神州傲來國花果山。空蕩蕩的屋裡，不必緊箍咒也能定下心來，神遊。如果她也能拔一根毛髮變出一堆玩伴；一個筋斗十萬八千里，上天入地，該有多快樂。

夜深了，星稀雲遮月，窗外的曇花再白也是黑的，小孩的心再不捨，媽媽也回不來。她躺床上不必側耳傾聽，屋子四周每個蟲鳴鳥叫都清晰。

木門被輕輕推開，呀地一聲。她爸回來了。真難得。

但木門並沒有呀回去。她爸沒道理進門不關門。下意識屏息，側耳。腳步聲也是刻意放緩放輕，她爸才沒那麼客氣。阿敏警覺起身，感知眼前有人，一隻大掌搗過來——

「嗯！嗯嗯！」悚然驚心，奮力掙扎抵抗，依然雙手遭綁背後，整個人被扛上肩，快速往屋外移動。

萬暗中，一束燈光，直刺眼皮。

「阿爸！」淒厲的呼喚，敏爸等不及停下單車，碰聲巨響後，大踏步衝上庭埕，便是一陣扭打。

可惜她沒有金箍棒，好勇鬥狠的她爸也是廉頗老矣，能成功擊退人口販子全憑僅餘的蠻力和一點運氣。

父女倆鼻青臉腫，紅藥水塗成京劇裡的花臉，日光燈下相互取笑，眼中帶著酸酸的淚。

「為什麼你那麼晚回來？」

「哪知他們敢太歲頭上動土。」

「你是太歲？」

「安怎睡覺不閂門？」語塞時就用問句回答問句。

不像姊夫家上鎖，開門用鑰匙。庄仔內，多數人家的大門兩片厚木板合起，上閂。

「我擔心萬一你回來，我又睡死了，沒人給你開門。」

消息傳開來，村民再度報警，譴責治安敗壞，找民代施壓。警方除了承諾加強巡邏，照舊拿不出對策相應。

敏爸的八個孩子攏冤仇人來投胎，冤仇人不以孝順標記身分，從這個家登出以後，表示有空再聯絡，恆常忙線中。

「我就最衰了，生這群兒女。將來我死了，誰都不必回來，我要給公所埋。」心灰意冷的太歲，遺書直接用念的，念給公所聽。

她姊姊、姊夫聞訊趕回，時序已來到中秋。

敏爸加油添醋，說起那暝歹徒闖進門的險惡，他如何赤手空拳虎口救回女兒，受重傷。阿敏姊夫趕緊口袋裡掏出新台幣，給他壓壓驚。令他由衷感嘆：「讀冊人，有差，確實比較捌代誌。」

後記

噹噹噹！

寫作的理由很簡單，媒體上或日常裡看到、聽到什麼特別揪心動容的，就與自身遭遇連結，自設小劇場，自我演繹的熱愛程度達飢渴等級。非寫不可的念頭，縈縈繞繞，無分日夜，自我解讀為天命。於是效法販夫走卒的俠義心腸（仗義每多屠狗輩，負心多是讀書人），用我貫常的麻辣腔，刻字造句。因此，我的小說，要不很悲，要不很恨。悲與恨是寫作的兩大動力，泥塵裡短兵殺伐，呈現出來則嬉笑怒罵，為了減輕情緒重量。

出生於七個兄姊的貧農家庭，老么的我沒有糖霜丸的待遇，成長過程中，誰都能指教我，甚至修理我。回憶裡卑屈滿溢，只能靠寫作平反，因而有了〈掠蟲〉和〈外省姊夫〉。

十八歲北漂求活，隨洋流遷移，浪跡東南亞插旗、蹲點。沒有為了寫什麼而去了哪裡，我是去了那裡，經歷了那些人、那些事，才決定要寫，例如〈畜感〉、與〈以斯帖〉。

〈春晚〉的起心動念，始於同學會。我從馬尼拉返台，參加高職同學會，步入中年的女生們，沒怎樣就被迫恢單了，不同於喪偶，卻比鰥寡更悲劇腐蝕人心，活得像個單身婦，卻得扛起全家的重擔。

〈最多三八的那支〉寫故鄉三星。一個冬雨綿綿的日子，我沿著電火溪（今名安農溪）打算回到月眉湖橋，找了好久才找到返家的路，景物與人事皆疏荒，始驚覺我在宜蘭已經沒有家了。站在月眉湖橋上遠眺曾經的家，耳畔未曾傳來一絲絲親情呼喚，看不到成長的足跡，連鄰里都不記得有我的那種徹底刨根，因此決定伏游入記憶裡，重啟年少。

〈滿租〉是步入中年以後，發現周遭朋友或因現實無情催逼，方寸間經常性地暗潮洶湧，憤世，逐漸黑化，汲汲於利；或自動委身孝父孝母，儉腸捏肚，寵出內心軟弱的孩子。為此有感而抒。

有些敘事基礎建立在當代，關注也關懷社會事件，努力用新的眼光創造一種新的關係，讓記憶的位置退居角落。期待作品如平交道前的柵欄，噹噹噹！提醒讀者停看聽，進行不那麼嚴肅的思考，因而有了〈療程〉和〈多元成家〉。

縱觀收納的九篇小說，雖然年代落差大，彼此關聯性低，卻具備同樣厚度的痛覺，用真摯的情感將讀者帶到現場，與我虛擬悲歡。沒有高遠宏旨，不奢望救贖，只想扣問，時代這麼惡，我們能否心裡陽光，始終良善？因相互理解而有了愛？

特別感謝東海大學中研所的芬伶老師、叔夏老師、衣仙老師和欣倫老師，給我許多提點，讓我在牛棚熱完身，上到競技場，幸運地獲得幾個文學獎，支撐我一路走來，遇見印刻，醞釀出這本短篇小說集。

INK PUBLISHING
文學叢書 713

最多三八的那支

作　　者　黃　茵
總 編 輯　初安民
責任編輯　宋敏菁
美術編輯　陳淑美
校　　對　吳美滿　黃　茵　宋敏菁

發 行 人　張書銘
出　　版　INK 印刻文學生活雜誌出版股份有限公司
新北市中和區建一路249號8樓
電話：02-22281626
傳真：02-22281598
e-mail：ink.book@msa.hinet.net
網　　址　舒讀網www.inksudu.com.tw

法律顧問　巨鼎博達法律事務所
施竣中律師
總 代 理　成陽出版股份有限公司
電話：03-3589000（代表號）
傳真：03-3556521
郵政劃撥　19785090 印刻文學生活雜誌出版股份有限公司
印　　刷　海王印刷事業股份有限公司

港澳總經銷　泛華發行代理有限公司
地　　址　香港新界將軍澳工業邨駿昌街7號2樓
電　　話　852-2798-2220
傳　　真　852-2796-5471
網　　址　www.gccd.com.hk

出版日期　2023年 7 月　初版
ISBN　978-986-387-664-9
定價　360元

作品獲得 財團法人 國家文化藝術基金會 National Culture and Arts Foundation NCAF 出版贊助

國家圖書館出版品預行編目(CIP)資料

最多三八的那支／黃茵 著.
--初版. --新北市中和區：INK印刻文學，2023. 07
面；14.8 × 21公分. --（文學叢書；713）
ISBN　978-986-387-664-9（平裝）

863.57　　112008780

舒讀網